경
인

아픈 만큼 큰다 巨人

거인

김태용 각본 - 이상민 소설

가면

| 차례 |

원작 시나리오

사내아이는 핏기 하나 없이 창백한 얼굴로 부들부들 몸을 떨며 걸었다. 성당 문을 열고 천천히 걸어들어 가는 아이와 함께 세찬 바람이 성당 안으로 밀려들었다. 아이가 걸친 얇은 셔츠는 온통 눈에 젖어 있었고 이내 뚝뚝 물이 떨어졌다. 구석진 자리에 앉은 아이의 몸에서 하얀 연기가 입김처럼 피어올랐다.

  사내아이는 십자가를 바라보다가 두 손을 모으고 눈을 감았다. 그리고 간절한 마음을 담아 기도를 드리기 시작했다.

무책임한 아버지를 죽여주시고

돌보지 않는 어머니를 벌해주시며

어린 동생에게 살아갈 지혜를 주시고

이런 나를 품어주세요.

제 이야기를 들어주신다면 괜찮은 아이가 되겠습니다.

아멘.

기도는 거기에서 끝났다.

기도를 마친 아이는 힘겹게 일어나더니 다시 눈이 내리고 있는 밖으로 비척거리며 걸어 나갔다. 하지만 아무도 아이에게 눈길을 주거나 도움을 주려고 하지 않았다.

아무도.

세모의 집

"야, 영재야! 박영재!"

영재는 뒤를 돌아보지 않았다. 굳이 돌아보지 않아도 누구인지 알고 있기 때문이다. 교문 앞에서 쩌렁쩌렁하게 울리도록 성난 목소리로 부르는 이유도 충분히 짐작하고 있다. 하지만 영재는 걸음을 멈추지 않고 바쁜 용무가 있으니 내일 이야기하자는 듯 가볍게 손만 흔들어주었다.

"미안, 미안."

영재의 태도가 어이없는 성호는 실소한다.

"하, 저 새끼가……."

영재는 진짜 미안하다는 듯이 또 한 번 손을 흔들어주고는 바삐 걸음을 놀렸다. 그리곤 손목시계를 확인하더니 뛰기 시작했다. 늦지 않게 도착하려면 어쩔 수가 없었다.

오늘은 신부님이 집으로 찾아와 직접 가정 미사를 올리는 날이었다. 영재에겐 그 미사에 참여하는 게 그 무엇보다 중요했다.

숨이 차오를 정도로 정신없이 뛰다보니 이윽고 눈에 익은 양철대문이 보였다. 다행히 신부 일행이 도착하기 전에 집에 도착한 모양이었다. 늘 타고 다니는 승합차가 보이지 않았다. 영재는 안도하며 초인종을 눌렀다. 대답을 기다리는 동안 대문 옆의 푯말을 흘끗 쳐다보았다.

'세모의 집'

이곳은 몇 해 전부터 영재가 몸을 의탁하고 있는 그룹 홈(group home)이다. 그룹 홈은 시의 지원금을 받아 영재처럼 오갈 데 없는 아이들을 돌보는 사회복지 제도의 일환으로 한참 감수성이 예민한 아이들을 배려해서 공공시설이 아닌 일반 가정집 형태로 운영되고 있었다.

다른 그룹 홈도 마찬가지겠지만 '세모의 집'에 오는 아이들의 사연은 제각각이었다. 갑작스러운 생활고로 아이를 키울 입장이 못 되는 부모가 데려오는 경우도 있었고, 빚쟁이들에게 시달리다가 부모에게 내버려지는 아이들도 있었다.

그리고 영재의 경우에는……

"누구세요?"

원장 엄마의 목소리다. 그녀는 영재를 가장 잘 이해해주는 조력자다. 영재는 밝은 목소리로 대답했다.

"저에요, 엄마. 영재에요."

영재는 스스럼없이 그녀를 엄마라고 불렀다.

집 안으로 들어가니 원장 부모는 미사 준비로 바빴다. 아직 미사의 경건함이나 중요성을 모르는 다른 아이들은 자기들끼리 깔깔거리며 놀고 있었고 어른들이 주의를 줘도 별로 귀담아듣질 않는다.

"다녀왔습니다."

영재는 인사를 한 뒤 방으로 들어가 가방을 내려놓자마자 다시 거실로 나와 원장 부모를 거들었다.

"신부님은요?"

"곧 오시겠지."

영재의 물음에 원장은 무심하게 대답했다. 부인과는 다르게 평소에도 자상함과는 거리가 먼 사람이었지만 어딘가 모르게 말투나 표정에서 묻어나는 뉘앙스가 날 선 느낌이라 영재는 왠지 모르게 주눅이 들었다. 혹시나 자기에게 불만이 있는 건 아닌지 염려스러워 조심스레 물어보려는데 때마침 초인종이 울렸다.

호랑이도 제 말하면 온다더니, 신부 일행이 도착했다.

"신부님 오셨네."

원장 엄마가 현관으로 나서자 영재는 급히 일어났다.

"제가 열어드릴게요."

"그럴래? 그래, 그럼."

영재는 싱긋 웃고는 신부 일행을 마중하러 나갔다.

그런 영재를 바라보는 원장 내외의 시선이 사뭇 달랐다. 원장 부인은 영재를 대견하게 바라보고 있었지만 원장의 시선은 어딘가 곱지 않았다.

"기도드리겠습니다."

젊은 신부가 나직한 목소리로 미사의 시작을 알렸다. 부드럽지만 위엄 있는 목소리였다. 그러자 원장 부부와 동석한 수녀들이 조용히 눈을 감았다. 영재도 두 손을 모으고 눈을 감았다. 아이들은 마지못해 따라하는 시늉을 했다.

"주님, 아직 갈 길이 한참이나 남은 이 아이들. 주님께서 항상 살펴 주시고 보살펴 주시옵시며……."

영재는 실눈을 뜨고 젊은 신부를 쳐다보았다.

이제 서른쯤 되었을까. 젊은 보좌신부는 경건한 목소리로 성심을 다해 기도를 올렸다.

"남의 자식을 제 자식삼아 평생을 주님의 뜻대로 살아온 우리 강신철 요셉 형제님과 이민아 레지나 부부에게 큰 은 총 내려 주시옵시며……."

원장이 나직이 아멘, 이라고 읊조렸고, 원장 부인은 눈을 질끈 감은 채 두 손을 꼭 맞잡고 고개를 연방 숙였다. 하지만 아이들은 철없는 때라 그런지 분위기 파악도 못하고 키득거리며 장난을 쳤다. 원장이 눈을 부릅뜨고 쳐다보자 그때서야 아이들은 얼른 고개를 숙이며 건성으로나마 기도를 드리는 시늉을 했다.

"우리 세모의 집, 앞으로 남은 이 겨울 동안 하느님의 뜻 가운데서 행복하고 화평한 가정 되게 이루어 주시옵소서. 성부와 성자와 성령의 이름으로 기도드립니다. 아멘."

영재는 지나치게 몸을 납작 엎드리며 자신이 얼마나 성심껏 기도를 드리고 있는지 보여주려고 애썼다.

"아멘⋯⋯."

보좌신부가 흘끗 영재를 쳐다보더니 입가에 미소를 띠었다. 영재의 속내가 무엇이든 신부의 눈에는 영재의 모습이 성실한 신도의 자세로 보이는 모양이었다.

잠시 후, 미사를 마친 영재는 뭔가 생각났다는 듯 서둘러 방으로 들어갔다. 그러고는 급히 책상 서랍을 열어 작은 책자와 카드를 꺼내는데 인기척이 들리며 누군가가 방문을 벌컥 열고 들어왔다.

흠칫 놀라며 고개를 돌리니 교복 차림의 범태가 방문 앞에 서서 뭘 그렇게 놀라서 쳐다보냐는 눈빛으로 영재를 바라보았다. 범태는 이곳에서 유일하게 영재의 동년배로 같은 방을 쓰고 있는 처지였다.

"어? 일찍 왔네."

영재는 서랍에서 꺼낸 책자를 뒤로 숨기면서 건성으로 물었다.

"응, 야자 안 했지롱."

범태는 책가방을 침대 위로 던지고는 타이를 풀다가 영재를 흘끗 쳐다보더니 석연치 않은 표정을 지으며 물었다.

"근데, 너. 뭐냐? 뭔데 이렇게 화들짝 감춰?"

영재는 황급히 고개를 가로저었다.

"아냐. 얼른 밥 먹으러 가. 오늘 메뉴 백숙이야. 간만에 단백질 섭취 좀 해줘야지. 늦게 가면 애들이 다 먹는다."

"말 돌리지 마, 새끼야."

범태는 대충 얼버무리며 방을 나가려는 영재를 불러 세우며 집요하게 추궁했다.

"말해봐. 뭔데? 박영재, 또 내 꺼 손댔지?"

영재는 범태의 말을 무시하며 그를 옆으로 밀었다.

"너 도벽 한동안 잠잠하다 했더니……."

범태가 여전히 의심스럽다는 눈빛으로 쳐다보자, 영재는 아니라는 듯 고개를 흔들며 방문을 열었다.

"아, 글쎄 아니라니까. 빨리 밥 먹으러 와. 너도 알지? 아빠가 밥 시간 늦으면 엄청 싫어하는 거. 괜히 꾸물대다가 혼나지 말고 어서 가자."

영재는 황급히 달아나듯이 방을 나가버렸다.

범태는 영재의 뒤통수를 쳐다보다가 갸우뚱하며 타이를 마저 풀었다.

"새끼, 정말 수상하네."

***

"어떻게 식사는 맛있게 하셨어요?"

원장이 물었다.

"아, 정말 맛있게 먹었습니다."

보좌신부가 웃으면서 대답했다.

"차린 것도 없는데……."

옆에서 원장 부인이 겸연쩍은 듯 얘기하자 부는 황급히 손사래를 치며 말했다.

"아닙니다. 진짜 이렇게 먹은 게 얼마만인지……."

겉치레가 아닌 진심이 묻어나는 말투였다. 함께 찾아온 수녀들도 고개를 끄덕이며 신부의 말에 동조했다.

원장 부인은 조금 마음이 놓인다는 듯 가슴에 손을 얹고 수줍게 미소를 지었다.

"저기……."

그때 영재가 조심스럽게 말문을 열었다.

"응?"

신부가 영재를 쳐다보았다.

"다음 주면 성탄이고, 곧 새해고 해서……."

영재는 쑥스러운 듯 머리를 긁적이며 감추고 있던 책자와 카드를 내밀었다.

"제가 신부님이랑 수녀님들 카드 한 장씩 썼어요. 더 좋은 거 해드리고 싶었는데 목도리나 이런 건 너무 비싸고 그래서 대신 카드 한 장씩 썼어요. 되게 좋은 말씀 많더라고요. 항상 저희 챙겨 주셔서 감사하다고……."

신부는 카드를 받아들고는 수녀들에게도 나눠주었다.

"어휴, 이걸. 이 친구 이름이 어떻게 되죠?"

원장 내외는 대답 대신에 어색하게 웃어보였다. 생각하지도 못했던 일이기 때문이다. 두 내외는 당황스러우면서도 싫지 않은 표정을 지었다.

"내가 여기 부임한 지 얼마 안 돼서 이름을 다 아직 못 외웠네요. 이름이……?"

"박영재……."

영재는 본명을 말하다가 원장 부인이 찡긋 눈을 감자 얼른 말을 바꾸어 세례명을 알려주었다.

"아니, 요한이에요. 여기에선 다 요한이라고 불러요."

"아, 요한!"

신부는 그때서야 기억난다는 듯 고개를 끄덕였다.

"신부님, 애가 보좌신부님 같은 신부님 되는 게 꿈이래요. 성당도 열심히 나가고. 예비신학교도 착실하게 나가고. 우리도 꼭 좋은 신부 되라고 집에서는 이름 아니고 세례명 불러요. 저, 신부님. 잘 좀 부탁드려요."

원장 부인이 말했다.

"주님 감사합니다. 어린 애가 마음이 참 곱네요. 고맙다. 잘 받을게."

영재는 머리를 긁적이며 조용히 웃었다.

"레지나 자매님, 이게 얼마나 기적 같고 은총 같은 일입니까."

신부의 말에 동의한다는 듯 원장 부인은 웃는 얼굴로 고개를 끄덕였다. 그러고는 흐뭇한 눈길로 영재를 바라보았다.

"요한아! 너 정말 신학교 갈 거야?"

신부가 물었다.

"네!"

영재는 자신의 의지가 확고하다는 것을 보여주려는 듯 씩씩하게 대답했다.

"그래, 알았다. 그럼 신부님이, 네가 진짜 열심히 하면 주임

신부님한테 말씀드려서 추천서 받게 도와줄게."

바라던 말이었다. 영재는 눈을 휘둥그레 뜨며 신부를 쳐다
보고 되물었다.

"정말이에요?"

"응."

신부는 흡족히 웃으며 고개를 끄덕였다.

"감사합니다, 정말 감사합니다!"

영재는 몇 번이고 고개를 숙여보였다.

신부와 수녀들은 카드를 꺼내 읽으며 흐뭇하게 웃었다. 원
장 내외도 분위기를 맞춰주려는 듯 미소를 지었다.

이런 분위기가 어색하고 못 마땅한 범태는 곱지 않은 시선
으로 영재를 흘끗 보고는 슬그머니 자리에서 일어나 방으로
돌아갔다.

그러거나 말거나 영재는 환한 얼굴로 신부를 바라봤다.

***

"요한아, 성당에서 보자. 오늘 선물 고마웠다."

신부는 영재의 어깨에 손을 얹으며 다시 한 번 감사를 표
했다. 영재는 생글생글 웃으며 꾸벅 고개를 숙였다.

"네, 조심히 가세요."

"그래."

식사를 마치고 성당으로 돌아가는 신부 일행을 배웅하는
건, 원장 내외 말고는 영재가 유일했다. 범태나 다른 아이들
은 춥다는 핑계로 따라 나올 생각을 하지 않았다. 이전부터
원장이 버릇없다며 아이들에게 주의를 줬지만 달라진 게 없
었다.

"그럼, 저희 가보겠습니다."

신부가 일행을 대표해서 원장 내외에게 작별인사를 했다.
수녀들도 공손히 고개를 숙였다.

"살펴 들어가세요."

"조심히 들어가세요, 신부님."

신부 일행을 태운 승합차가 출발하고 나서도 두 내외와
영재는 대문 앞에서 떠나지 않았다. 이윽고 승합차가 보이지
않게 되자, 원장 내외는 영재를 조용히 원장실로 데려갔다.
예쁜 짓을 했으니 상을 주기 위함이었다.

"오늘도 잘했어. 에휴, 애들이 이런 걸 보고 배워야 되는
데……."

원장 부인이 지갑에서 지폐 몇 장을 꺼내 영재에게 건네며
말을 이었다.

"저 새끼들은 은혜를 몰라. 받을 줄만 알지. 하여간
에……."

영재는 두 손으로 공손히 돈을 받아들고 감사하다며 고개를 숙였다.

"괜히 싸돌아다니지 말고 집에 딱 붙어서 공부만 해. 너 신학교 커트라인 얼마나 높은지 알지? 빨리 방에 들어가서 공부해."

원장이 한마디 거들었다.

"네, 아빠."

"네 방으로 가봐, 그럼."

영재는 원장 부부에게 고개를 숙이고는 조용히 원장실을 나왔다.

원장 내외는 서로를 쳐다보며 말없이 시선을 교환했다.

"솔직히 나는 저 새끼도 믿을 수가 없어. 도무지 정이 안 가. 되도 않게 머리 굴리는 게 보인단 말이지."

"그러지 마. 그래도 요한이 재는 다른 애들처럼 싸가지 없는 것도 아니고 항상 열심히 하려고 하잖아."

"열심히는 무슨."

원장은 부인의 말에 코웃음을 쳤다.

"당신도 참."

"당신이야말로 재만 너무 끼고 돌지 마. 언젠간 나갈 새끼니까. 그래봐야 시간이 지나면 고마운 것도 다 잊는다고."

원장은 확신에 찬 얼굴로 고개를 끄덕였다. 원장 부인은

26

뭔가 반박하려다가 짧게 한숨을 내쉬며 고개를 흔들었다.

아빠, 아버지

어슴푸레하게 날이 밝아오기 시작한다. 외풍에 흔들리는 커튼 사이로 검푸른 빛이 새어 들어와 방을 비쳤다.

방 한구석, 침대에 누운 영재는 이미 잠에서 깨어 멍하니 창밖을 바라보았다. 예전에 살던 집을 생각하면 더 없이 편하고 푹신한 침대이지만, 영재는 이곳에 온 그날부터 단 하루도 깊이 잠들어본 적이 없었다.

물론 그런 자신의 상태를 누구에게도 내색해 본 적은 없었다. 영재는 알고 있었다. 언제나 밝은 얼굴, 밝은 모습……. 그렇지 않으면 이곳에서 오래 버틸 수 없다는 것을.

그렇게 얼마쯤 지났을까.

기상을 알리는 알람소리가 집 안에 울려 퍼졌다.

영재는 기다렸다는 듯 침대에서 내려와 불부터 켰다. 그러자 범태가 욕지거리를 하며 이불을 끌어당겼다.

"아, 씨발. 불 좀 꺼."

"일어나. 아침이야."

"나 좀 내버려둬. 내가 알아서 해."

범태는 귀찮다는 듯 뇌까리며 이불 속에서 나올 생각을 하지 않았다.

영재는 잠시 범태를 쳐다보다가 고개를 흔들더니 수건을 챙겨서 방을 나갔다. 이윽고 다른 아이들도 졸린 눈을 비비며 차례로 방에서 나왔다.

이를 닦고 세수를 마친 영재는 욕실에서 나와 문 앞에서 순서를 기다리는 아이들을 잠시 바라봤다.

잠이 덜 깬 아이들은 꾸벅꾸벅 졸면서도 자기 순서가 되면 용케 세면대 앞으로 가서 세수를 하고 이를 닦았다.

영재는 수건으로 얼굴을 닦으며 거실로 나오다가 방에서 황급히 나오는 범태와 마주쳤다. 마냥 자고 있을 줄 알았는데 어느새 교복까지 갈아입은 범태는 성큼성큼 현관으로 걸어갔다. 영재는 주방 쪽을 흘끗 보고는 범태를 따라나섰다.

"야, 밥 안 먹어?"

영재는 서둘러 신발을 신고 있는 범태에게 다가가 나직이 물었다

"저 새끼가 차려준 밥 구린내 나. 구린내."

범태는 주방을 쳐다보며 그렇게 내뱉었다. '저 새끼'란 원장을 가리키는 말이었다. 언제부터인가 범태는 원장에게 반감을 품었는데 최근에는 더욱 더 짙어져서 대놓고 험한 표현을 하는 경우가 잦아졌다.

영재는 혹시라도 원장이 들었을까 싶어서 놀란 표정으로 주방을 쳐다봤다. 범태는 조소하며 차갑게 덧붙였다.

"혹시 물으면 자습 있어서 일찍 갔다 그래."

"그래도, 야. 밥은……."

"됐어. 가다가 편의점에서 대충 사 먹으면 돼. 나, 간다."

"어……."

영재는 휑하니 나가버리는 범태의 뒷모습을 물끄러미 바라봤다.

거칠게 대문 닫히는 소리가 들렸다.

영재는 짧게 한숨을 내쉬고는 수건을 방에 가져다놓고 주방으로 향했다. 아침상을 차리는 원장을 돕기 위해서였다.

"안녕히 주무셨어요?"

영재는 아침상 준비에 여념이 없는 원장에게 꾸벅 인사했다. 하지만 원장은 아무 대꾸도 하지 않았다. 그저 묵묵히 밥상을 차리는 데만 열중했다. 머쓱해진 영재는 조용히 다가가 밥상 차리는 걸 도왔다.

"범태는?"

원장이 불쑥 물었다.

"아, 그게, 아침 자습 있다고 일찍 나갔어요."

영재는 범태의 말을 그대로 전했다. 범태를 위해 그럴싸한 변명을 해주고 싶어도 딱히 생각나는 것도 없었다.

"새끼, 웃기네. 무슨 자습을 꼭두새벽부터 하냐. 하긴 곧 나갈 새낀데 괜히 스트레스 받지 말아야지."

아무래도 범태는 미운 털이 단단히 박힌 모양이었다. 원장은 옆에 영재가 있거나 말거나 속에 있는 말들을 아무렇지도 않게 내뱉었다. 상황이 바뀌면 결국은 영재에게도 쏟아질 말이었다.

"근데 너, 실업계 애들도 신학교 갈 수 있냐?"

원장이 비로소 영재를 쳐다보며 말했다.

"네, 학교 제한은 없구요. 예비 신학교만 꾸준히 나가면……."

갑작스러운 질문에 영재는 다소 당황해서 말끝을 흐렸다.

"아버지한텐 말씀드렸어?"

아버지라는 말에 영재는 거의 반사적으로 입술을 깨물었다. 영재에게 아버지는 입에 담기조차 싫은 존재였다.

왜 대답이 없냐는 듯 원장이 날카로운 눈빛으로 영재를 쏘아봤다.

"저기, 그게 연락 안 온 지 꽤 됐어요."

영재는 원장의 시선을 피하며 마지못해 대답했다.

"흥! 한 이삼 년 있다가 데려간다고 큰 소리 뺑뺑 치시더니만. 애새끼를 맡겨놓고 어떻게 그렇게 무책임할 수 있지. 사람이 정말⋯⋯."

원장은 거기까지 내뱉다가 영재를 의식했는지 말을 삼켰다. 그러고는 영재를 쳐다보며 지나가는 투로 말했다.

"야, 신부되면 결혼도 못 할 텐데 부모님이 허락하셔야 할 거 아냐."

"상관없어요. 지금은 여기 엄마 아빠가 제 부모님인데요, 뭘."

영재가 말했다.

원장은 그 말에 동의할 수 없는지 복잡한 심경이 담긴 눈빛으로 영재를 쳐다보더니 역시 안 되겠다는 듯 고개를 흔들었다.

"내가 한번 너희 아버님께 전화해 봐야겠다. 원래 대로면 범태처럼 너도 집에 가야 될 나이야. 알지?"

"네? 아, 네⋯⋯."

영재는 자기도 모르게 움찔했다. 이곳을 나가야 한다는 원장의 말이 비수처럼 가슴에 콱 박혔다.

"제가 전화해 볼게요. 그러니 신경 쓰지 마세요."

영재는 원장의 눈치를 보며 그렇게 얼버무렸다. 원장은 마뜩찮은 표정으로 영재를 바라보다가 알았다는 듯 고개를 끄덕였다.

"잊지 말고 꼭 해라."

원장은 다시 한 번 다짐이라도 받듯 영재에게 말했다. 영재는 혹시라도 원장이 생각을 바꾸지는 않을까 염려스러워 흘끗흘끗 눈치를 살폈다. 다행히 본인도 귀찮은 모양인지 그럴 기미는 보이지 않았다. 하지만 마음을 놓을 수가 없었다. 근래에 와서 영재를 대하는 원장의 태도가 범태에게 하는 것만큼이나 차갑게 느껴졌다. 단지 내색을 하지 않을 뿐이지 속으로는 어떤 생각을 품고 있는지 알 수 없는 노릇이었다. 그런 까닭에 영재는 늘 원장을 의식하고 조심스러워했다.

개운하지 않은 기분으로 하루를 시작한 영재는 아침을 먹는 둥 마는 둥하고 가방을 챙겨 서둘러 집을 나섰다.

영재는 몇 걸음 내딛다가 무슨 생각에선지 주변을 살피더니 집 뒤편으로 돌아갔다. 그곳에는 자선단체나 개인이 보내 준 후원물품들을 보관하는 창고가 있었다. 영재는 다시 조심스럽게 주위를 살피더니 아무도 없는 것을 확인하고 천천히 창고로 다가갔다. 그러고는 주머니에서 열쇠를 꺼냈다. 원래 원장 내외만 가지고 있어야 하는 열쇠였다.

열쇠를 훔친 건 아니었다. 언젠가 원장 부인이 영재에게 창고에서 물건을 꺼내오라고 시키느라 열쇠를 맡겼던 걸 깜빡 잊은 적이 있었는데 그때 몰래 복제를 해둔 것이었다.

영재는 창고 안으로 들어갔다. 그리곤 선반에 있는 박스들을 훑어보더니 익숙한 손놀림으로 박스 하나를 꺼냈다. 박스 안에는 한 번도 신지 않은 운동화들이 들어있었다. 그것도 아이들이 선호하는 브랜드의 신상품이었다. 영재는 망설임 없이 운동화 몇 켤레를 꺼내 가방에 넣었다. 불안한 기색도 없이 익숙한 손놀림이다.

그렇게 운동화들을 챙긴 영재는 창고에서 나와 문을 잠그고 주변을 두어 번 살펴보더니 아무 일도 없었다는 듯 태연히 등굣길에 올랐다. 나직이 휘파람까지 부르면서.

***

"야, 박영재. 진짜 십에 안 되겠냐?"

어제 하굣길에 영재를 몇 번이나 불러 세웠던 성호였다. 성호는 이전에도 영호에게 여러 차례 물건을 샀던 단골이었다.

"솔직히 십은 너무 거저지."

영재는 단호하게 고개를 가로저었다.

"새끼, 좆나 깐깐하게 구네. 한두 번 사는 것도 아니고. 명색이 단골인데 이렇게 쪼잔하게 해도 되는 거야?"

성호가 입술을 삐죽이며 불평했다.

"그럼 십이. 더 이상은 안 돼."

영재가 선심 쓴다는 듯 내뱉었다.

"십이?"

성호가 어이없다는 표정을 짓자, 영재는 싫으면 관두라는 듯 책상에 올려놓은 운동화를 다시 가방에 넣는 시늉을 했다.

"싫으면 말고."

"근데, 너 물건은 다 어디서 가지고 오는 거냐. 아무튼 분명 이 새끼 좆나 걸어 다니는 동대문이야."

옆에서 둘의 흥정을 구경하던 민기가 불쑥 끼어들었다. 그러자 동식이란 아이가 눈치 없이 한마디 거들었다.

"너, 혹시 밤마다 마트 가서 몰래 훔쳐오는 거 아냐?"

영재는 동식을 사납게 한번 쏘아보고는 운동화를 양손에 들고 흔들며 노련한 장사꾼처럼 말했다.

"그거까진 알 거 없고. 어떻게 할 거야. 이거 십이에 살 사람? 누구, 없어? 없으면 그냥 접는다."

"알았어. 십이 콜! 오케이. 아 당분간 롤 좀 끊지 뭐."

성호가 흥정을 포기하고 손을 들었다. 그래도 조금 아쉬운지 잠시 망설이다가 지갑을 꺼내 영재에게 돈을 건넸다.

"맞나 세어 봐."

영재는 씩 웃으며 지폐를 세었다.

"잘 생각했어. 십이면 이거 진짜 싼 거야. 야, 그래도 부모님한텐 이거 샀다고 말하지 말고."

성호는 염려하지 말라며 고개를 끄덕였다.

"알았으니까 운동화나 내놔."

"잘 신어라."

운동화를 건네주고 나서 돈을 지갑에 넣는데 불쑥 반장이 나타나 영재를 불렀다.

"야, 박영재, 담임이 잠깐 교무실로 오래."

"담임이 왜?"

영재는 고개를 갸우뚱하며 되물었다.

"몰라. 내가 어떻게 알아. 빨리 가봐."

반장이 퉁명스럽게 대꾸했다.

"무슨 일이지······."

영재는 불안한 얼굴로 자리에서 일어나 교무실로 향했다. 아무리 생각해봐도 담임이 찾을 일이 딱히 없었다.

***

주뼛대며 교무실로 들어간 영재는 담임에게 물었다.

"선생님. 부르셨어요?"

"응, 영재야. 여기 앉아."

"네."

영재는 의자에 앉으며 담임의 표정을 살폈다. 아직까지는 무엇 때문에 불렀는지 가늠할 수가 없었다. 꾸지람을 하려고 부른 것 같지도 않았고 특별히 문제 삼을 일을 한 적도 없었다. 아니면 혹시 누군가가 아이들에게 물건을 내다 판다는 사실을 고자질한 것일까? 그것만 아니면 좋겠는데. 영재는 불안한 눈초리로 담임의 말을 기다렸다.

"야, 너 거기 사는 데 이름이 뭐지?"

"세모의 집이요."

"아, 그래. 그곳 부모님들은 어떻게 좀 잘 해주시냐?"

학기가 끝나가는 마당에 새삼스레 이런 걸 묻는 이유가 무엇일까. 영재는 아직도 담임이 자신을 부른 이유가 무엇인지 몰라서 무척 조심스러웠다.

"네, 잘 해주세요. 두 분 모두 자상하시고……."

영재는 부연하려다가 딱히 그걸 묻자고 부른 건 아니겠다 싶어서 말끝을 흐렸다. 담임이 다소 무성의하게 고개를 끄덕이며 영재의 말을 곱씹었다.

"그렇담 다행이네. 그 양반들도 다 지 새끼들 포기하고 너희들 데려다 키우는 건데 나중에 취직해서 떵떵거리면서 한번 찾아뵈어야 될 거 아니야. 그래야 그 양반들도, 너도 보람

차고 좋지? 안 그래?"

또 취업 이야기인가. 벌써 몇 번이나 신학교에 가겠다고 이야기했는데. 지금 영재에게 취업은 중요하지 않았다. 세모의 집에서 계속 살려면 신학교에 진학하는 것 말고는 방법이 없었다. 그걸 알 리가 없는 담임은 계속 취업 타령만 해댔다. 영재는 답답했다.

"네. 근데요, 선생님. 전 지금 취직할 생각은 없구요. 신학교에……."

담임이 영재의 말허리를 잘랐다.

"너희들이 1학년 땐 다 그래. 좋은 대학을 가니 뭐 스카이를 가니 어쩌니. 근데 좋은 대학도 취직하려고 가는 거 아냐, 그렇지? 근데 돈이고 시간이고 아깝게 뭐 하러 그런 짓을 해?"

이건 또 무슨 소리인가. 전혀 엉뚱한 소리를 하고 있다. 아무래도 취업 이야기를 하려고 부른 건 아닌 모양이었다.

"네, 근데 무슨 일로 부르셨어요?"

영재가 물었다.

"응?"

담임은 눈을 껌뻑거리다가 뒤늦게 생각났다는 듯이 말했다.

"아, 맞다. 저 밑에 너희 아버지 오셨다. 구청에서 뭐 동생 장학금 받는데 니 앞으로 따로 떼야 할 서류가 있나 보더라.

그래서 내가 너 좀 보고 가라고 잡았어. 근데 니가 싫어할 것 같다고 너희 아버지가 그러시더라."

영재는 짧게 한숨을 쉬었다.

아버지.

아침에 원장한테도 듣고, 다시 또 '아버지'가 문제다. 하루에 두 번이나 듣다니. 영재는 속에서 뭔가 울컥하는 걸 느꼈다. 영재에게 아버지는 그런 존재다. 가깝지만 가까이 하고 싶지 않은 사람. 가까워져 봐야 아무 도움도 되지 않는 존재.

"영재, 너 친아버지 못 본 지 오래 되지 않았냐?"

담임이 물었다.

영재는 천천히 고개를 가로저었다.

"아녜요. 가끔 오세요."

그래, 가끔. 하지만 그 가끔 찾아오는 것도 너무 부담스럽다. 가능하면 영영 찾아오지 않았으면 좋겠다. 영재는 그렇게 말하고 싶었다.

"그래. 아버지도 다 사정이 있으시니까 널 그런 데 맡기는 거겠지."

담임은 영재의 속도 모르고 다행이라는 듯 고개를 끄덕였다.

사정은 누구에게나 있다. 하지만 그 사정도 용납할 수 있는 게 있고 그렇지 않은 게 있다. 영재에게 '아버지의 사정'이

42

란 용납할 수도 없고 용납하기도 싫은 그저 무책임한 그런 것이었다. 물론 그런 사실을 담임이 알 리가 없다. 영재는 묵묵히 담임의 말을 듣기만 했다.

"그리고 세상에, 학창시절에 너 같은 그런 상처 없는 사람들이 어디 있냐."

"상처 아니에요, 선생님."

이건 폭력입니다. 부모가 자식에게 휘두르는 폭력. 때리고 발로 차는 것만이 폭력은 아니에요.

영재는 입술을 살짝 깨물고는 담임을 바라보며 다시 말을 이었다.

"그리고 부모님이 맡기신 게 아니라 제가 집구석 꼴 보기 싫어서 직접 제 발로 찾아 간 거예요. 하실 말씀 다 하셨으면 이만 가보겠습니다."

그러고는 담임의 대답도 듣지 않고 자리에서 일어나 도망치듯 교무실을 빠져나갔다.

"허, 저 녀석이……"

담임은 겸연쩍어져서 입맛을 다셨다.

두 사람이 나눈 대화의 여운이 채 사라지지 않은 이른 오후. 담임은 밀려드는 수마에 저항하지 못하고 절반쯤 전사한 반 아이들을 상대로 수업을 진행하고 있었다.

"임오군란에 결과에 대해서 한 번 봐 보자. 제물포 조약이

1882년에 일어났고, 청의 내정간섭, 청의 내정간섭에 대해서
좀 어떻게 됐는지 한 번 읽어볼까? 임오군란은 민중이 정부
의 잘못된 개화 정책과……."

담임의 단조로운 목소리는 아이들의 졸음을 쫓아내기는
커녕 오히려 더 노곤하게 만들었다. 버티던 절반 중 상당수
가 결국 엎드려서 자거나 휴대폰을 만지작거렸다. 영재도 마
찬가지였다. 담임에게 불려간 뒤로 내내 마음이 불편했다.

결국 영재는 한숨을 길게 내쉬더니 손을 들었다.

"저, 선생님……."

담임은 그럴 줄 알았다는 듯이 고개를 끄덕였다.

***

영재는 시내의 한 커피숍에서 아버지를 만났다.

오랜만에 만나는 아버지는 정말 여전했다. 후줄근한 야상
차림에, 세상에서 가장 불쌍한 사람처럼 보이려고 애쓰는
궁상맞은 얼굴. 아들 앞에서도 당당한 모습을 보이기는커녕
축 처진 어깨로 한없이 작고 초라한 모습으로 일관하는…….

"민재 장학금이라니 그게 무슨 소리야? 이번엔 또 무슨
꿍꿍이냐고."

영재는 아버지를 보자마자 사납게 쏘아댔다.

"자식, 오랜만에 보는데……."

"아, 됐고. 용건이나 말해."

아버지는 몸을 반쯤 일으키며 영재에게 손을 내밀었다.

"미안해. 너무 그러지 마."

"아빠가 나한테 미안한 일이 어디 한두 개야."

영재는 고개를 돌려 아버지를 외면하며 말했다.

"알았어, 알았어. 내가 다 잘못했다. 진짜로 미안해."

아버지는 무안할 정도로 머리를 조아렸다. 예전부터 이런 사람이었다. 필요하다면 아들한테도 무릎을 꿇는 비굴한 남자.

"맨날 말로만."

"알았어, 알았으니까 그렇게 서 있지 말고 일단 앉아. 누가 오기로 했으니까."

"누가 오기로 했는데?"

영재는 마지못해 앉으며 물었다.

"마침 저기 오시네."

나이가 지긋해 보이는 중년남자가 커피숍 입구에 나타났다. 수수한 회색 재킷 차림에 성경을 옆구리에 끼고 있는 것으로 보아 종교인이 분명했다.

영재가 누구냐고 묻기도 전에 영재의 아버지는 벌떡 일어나더니 남자에게 비굴할 정도로 허리를 숙였다.

"아! 오셨어요."

"아, 네. 안녕하세요."

상대가 무안할 정도로 고개를 숙이는 아버지가 부담스러웠던 남자는 머쓱해하며 말했다.

"오시는 데 고생 많으셨죠?"

"아닙니다. 뭐 지하철 갈아탈 필요도 없이 한 번에 오던데요?"

"아, 예. 전도사님, 거기 앉으세요."

전도사?

영재는 당황해서 아버지를 쳐다봤다.

"예, 말씀하시던 친구가 혹시……."

남자가 영재에게 눈길을 주며 물었다.

"예, 이 녀석이 제 큰아들 놈입니다. 이 녀석이 워낙 머리가 좋아서 성적이 그렇게 되는데도 인문계 안 가고 실업계 갔어요. 요즘에는 인문계 다 소용없다니까요. 실업계 가서 1, 2등 하는 게 훨씬 빠르니까."

아버지는 갑자기 어울리지도 않게 아들자랑을 늘어놓기 시작했다.

"아드님이 비전이 있으시네요."

"아, 예 그렇죠. 이 녀석 뭐 똑똑하니까……."

"이름이 뭐니?"

전도사가 영재를 보며 물었다.

영재의 아버지, 창원은 아들이 말실수라도 할까봐 염려스러운 건지 틈을 주지 않고 대신 대답을 했다.

"아예, 이름이 박영재입니다. 이 녀석이 어릴 때부터 프라모델 조립하고, 혼자 독서하는 거 좋아하고 그래가지고요. 숫기가 없어요. 숫기가. 다 좋은데. 말 좀 해보고 그래. 인마."

"아, 그래? 그럼 너는 장래희망이나, 그런 건 있어?"

전도사가 물었다.

"그게 저는……."

"에휴, 글쎄. 주님 비전 맞춰가면서 살아야 할 건데. 애가 클수록 제가 애비로써 고민이 많아요."

이번에도 창원이 아들의 말허리를 자르고 대신 대답했다.

"그러시겠네요. 그럼 교회는 언제쯤부터 나오실 수 있는지……."

전도사가 뭔가 이상한 낌새를 차렸는지 넌지시 물었다.

"아 예. 그게 이게 제가 일요일 마다 이 녀석 매번 깨우는데 이게 공부하느라 그런지, 일어나지를 못해요. 아휴……."

영재는 이제야 사태 파악을 했는지 아버지를 한껏 노려봤다. 자신을 교회에 내보내고 이 전도사에게 뭔가를 받아낼 심사인 것이다.

"둘째는 좀 빠릿빠릿하고 그런데, 아무튼 제가 다 알아서……."

그때 영재가 창원의 말허리를 자르고 불쑥 끼어들었다.

"저기요, 전도사님. 아무래도 뭔가 잘못 알고 오셨나 본데
요. 저 이 사람 아들도 아니고요. 이 사람 집에서도 안 살아
요. 그 세모의 집이라고 그룹 홈 아세요? 가톨릭 재단에서 꽤
나 유명하던데. 그리고 교회? 좆 까라고 그래요. 저요, 신부님
될 사람입니다. 세례도 받았어요. 세례명이 요한입니다."

전도사는 날벼락을 맞은 사람처럼 너무 놀라 입을 다물지
못했다. 영재는 그런 전도사를 무시하고 아버지를 흘끗 보며
차갑게 쏘아붙였다.

"잘 먹었어요, 아저씨. 가볼게요."

그러고는 자리를 박차고 밖으로 뛰쳐나갔다.

전도사가 불쾌감을 감추지 못하고 낮게 헛기침을 했다. 창
원은 당황해하며 연신 고개를 숙이며 사과했다. 하지만 전
도사는 좀처럼 얼굴을 펴지 않았다.

"아이고, 죄송합니다. 저, 저 녀석이 사춘기여가지고……."

창원은 눈치를 보다가 쇼윈도 앞으로 지나가는 영재를 발
견하고 황급히 쫓아나갔다.

"잠시만이요, 전도사님. 내가 이 녀석을 그냥……."

다리를 절며 커피숍에서 뛰어나온 창원은 막 택시를 잡아
타려는 아들을 발견하고 거칠게 불러 세웠다.

"박영재!"

영재는 짧게 한숨을 쉬고 고개를 돌렸다.

"얌마! 너 이 새끼. 이것도 병이야! 너, 까불지 말고 빨리 들어와 빨리. 어른이랑 이야길 하는데 버릇없이 이게 무슨 짓이야!"

창원이 영재의 팔을 잡고 고함을 쳤다.

"놔."

영재는 아버지를 쏘아보며 차갑게 내뱉었다.

"아 쫌! 빨리 들어오라고. 말 좀 들어."

창원은 아들을 잡아끌며 불안한 눈초리로 커피숍 안을 살폈다. 전도사가 자리에서 일어나 고 있었다. 창원은 초조해져서 영재를 전도사에게 끌고 가려고 안간힘을 썼다.

"놓으라고!"

결국 참다못한 영재는 막무가내로 잡아끄는 아버지의 손을 뿌리치며 버럭 소리를 질렀다. 그 바람에 창원은 넘어질 뻔한 것을 겨우겨우 모면하고 놀란 눈으로 아들을 쳐다봤다. 지나던 행인들이 두 부자를 흘끗거렸다.

"왜 그러냐, 너. 지금 아빠 체면도 있고 그런데. 아니 내가 아까 미안하다고 그렇게 얘기 했잖아. 그 정도면 됐지. 아, 이게 다 누굴 위해서 그러는 건데 그래. 다 니 동생 위해서 그러는 거 아냐. 이래야 급식비라도 내지. 너는 형이란 놈이 동생을 위해서 이 정도도 못 해주냐?"

창원은 영재가 매정하고 이기적이라는 듯이 몰아세웠다. 가만히 듣고만 있기엔 너무 어이없는 매도였다.

영재는 입술을 실룩거리며 아버지를 노려보았다. 뭐야. 지금 누가 누굴 원망하는 거지.

"자기 밖에 모르는 매정한 새끼."

창원이 툭 내뱉듯이 말했다.

영재는 창원의 적반하장 같은 태도에 기어이 폭발하고 말았다.

"민재를 위한 거라고? 아빠, 손발 멀쩡하지? 눈 코 입 다 있지! 그럼 직접 벌라고! 왜 남들처럼 고생해서 벌 생각은 안 하고. 아, 씨. 진짜 이렇게 사는 거 자식들한테, 아니, 자기 자신한테 안 부끄럽냐? 질린다, 질려. 정말 싫어. 진짜, 진짜 싫다. 진짜 이러다가 벌·받아, 아빠. 알아? 제발 정신 좀 차려!"

거침없이 말을 쏟아낸 영재는 대꾸할 틈도 주지 않고 마침 오는 택시를 급히 잡아탔다.

창원은 닭 쫓던 개가 지붕을 쳐다보는 것 마냥 시야에서 사라져가는 택시를 멍하니 바라봤다. 하지만 그것도 잠시, 커피숍을 빠져나오는 전도사를 발견하고 황급히 달려가 주변시선 따윈 아무렇지도 않다는 듯 허리를 접으며 몇 번이고 사과하며 비굴하게 매달렸다.

창원은 모르고 있었다. 그런 자신의 모습을 영재가 전부 보고 있다는 사실을. 아들의 눈에 자신의 모습이 어떤 식으로 비쳐질지 전혀 안중에도 없는 그였다. 그는 당연히 알아야 하고 해야 할 일들을 당연하다는 듯이 무시하고 있었다.

택시에 탄 영재는 모퉁이를 돌 때까지 아버지를 계속 지켜보았다. 그리고 손에 쥔 휴대폰을 만지작거렸다. 혹시나 했지만 전화가 걸려오지 않았다. 상처 받았을 아들에 대한 미안함 같은 건 없는 모양이었다.

툭.

툭.

속절없이 눈물 몇 방울이 손등으로 떨어졌다. 혹시라도 택시 기사에게 들킬까봐 영재는 얼른 눈물을 훔쳤다.

'이렇게 무너지는 거 싫은데.'

울음이 터져나올까봐 입술을 힘껏 깨물었다.

영재는 버텼다.

여기서 울면 너무 쪽팔리니까, 이렇게 울어버리면 자신이 너무 불쌍해지니까. 그리고 스스로가 너무 초라해지니까.

학교로 돌아온 영재는 수업을 모두 마칠 때까지 멍한 상태로 시간을 보냈다. 머릿속이 복잡해져서 온종일 어떻게 지나갔는지 모를 정도였다. 기분도 엉망이라서 주문이 밀리는데도 물건을 파는 일을 다음으로 미루었다.

방과 후에도 기분은 좀처럼 나아지지 않았다. 이대로 집으로 돌아가기엔 너무 착잡했고 그렇다고 밖으로 싸돌아다니다가는 괜히 사고라도 칠 것 같았다. 어둑해질 때까지 정처 없이 걸음을 옮기던 영재가 마지막으로 찾은 곳은 성당이었다.

***

보좌신부는 부드럽고 경건한 목소리로 저녁 미사를 진행했다.

"부활하시고 하늘에 올라 전능하신 하느님. 오른편에 앉아계시며 산 이와 죽은 이를 심판하러 다시 오시리라 믿나이다. 성령을 믿으며 거룩한 공교회와……."

영재는 조용히 빈자리에 앉아 기도문을 따라 외웠다. 이걸로 마음을 추스를 수는 없겠지만 막연히 기계적으로 기도문을 외우다보면 잡념을 떨쳐버릴 순 있을 것 같았다. 지금으로선 이것이 최선이었다.

영재는 조용히 눈을 감았다.

"아멘."

범태

성당에서 한참이나 머문 영재는 간신히 마음을 추스르고 밤늦은 시각에 귀가했다. 낮의 일을 지우려고 애써 웃는 얼굴을 하며 현관문을 열고 거실로 들어서는데 심상치 않은 공기가 감돌고 있음을 느꼈다.

무겁고 서늘한 기운.

무슨 일인 걸까. 원장 내외가 심각한 얼굴로 거실 한가운데에 앉아 있었고 그 맞은편에 아이들이 일렬로 무릎을 꿇고 있었다.

"다녀왔습니다."

"늦었다."

원장이 곱지 않은 시선으로 영재를 쳐다보며 말했다. 영재는 슬금슬금 눈치를 살피다가 아이들 옆에 가서 무릎을 꿇었다.

"네, 미사 봉사하고 오느라……."

원장은 영재의 말이 귀에 들어오지 않는다는 듯 고개를 획 돌리며 아이들을 노려보았다. 영문을 몰라 당황하고 있는 영재에게 원장 부인이 일어서라고 손짓을 했다.

"영재는 그냥 들어가."

"왜?"

원장이 못마땅하다는 듯 아내를 쳐다봤다.

"뭐야, 같은 사는 집에서 물건이 없어졌는데 누군 앉아있고, 누군 들어가고. 그게 뭐야. 왜 차별해?"

"설마 영재가……."

원장은 영재를 두둔하는 아내에게 뭐라고 반박하려다가 생각을 고치고 입술을 깨물었다.

원장 부인은 남편과 영재를 번갈아 쳐다보며 말끝을 흐렸다. 길게 이야기를 해봐야 입만 아프다는 것 같았다. 그래도 영재에게 이 상황을 설명해줘야겠다고 생각했다.

"하여튼, 누군가 창고에 들락날락해서 신발이고 옷이고 훔쳐대는지 자꾸 물건이 없어지네."

"네."

원장 부인의 말에 영재는 순간 움찔하며 원장 부부를 쳐다봤다. 다행히 두 내외는 영재를 쳐다보지 않고 있었다. 영재는 방으로 들어가지도, 그렇다고 계속 거실에 있기도 애매해서 어정쩡한 자세로 서서 원장의 허락을 기다렸다. 하지만 원장은 영재에게 눈길을 주지 않고 아이들을 바라보더니 기가 막힌다는 듯 혀를 찼다.

"우리는 너희 죄까지 덮어 줄 생각이 없어."

원장이 단호히 잘라 말했다.

"이 새끼들아, 이것도 명백한 절도야, 알아? 순순히 자기가 했다 손들면 우리 손에서 끝나는데 내일로 넘어가면 우리도 어쩔 수 없어. 그냥 경찰한테 넘길 거야. 이거 굉장히 심각한 일이야. 알겠니?"

무시무시한 엄포에 아이들은 움찔하며 고개를 푹 숙였다.

"네."

원장은 매서운 눈초리로 아이들 하나하나를 돌아보고는 나직이 말했다.

"자, 이제 눈 감아."

그때였다. 밖에서 누군가 들어오는 소리가 들렸다.

"다녀왔습니다."

범태였다.

원장 부인은 거실로 들어서는 범태를 보자마자 마치 기다렸다는 듯 팔짱을 끼고 앞을 가로막았다.

"너, 잠깐."

"네?"

범태는 무슨 일로 이러냐는 듯 불만스러운 눈빛으로 원장 부인을 쳐다봤다.

"너, 애들한테 얘기 들어보니까 아침밥도 안 먹고 나간다 던데. 엄마가 알기론 아무리 인문계 학교라 해도 그렇게 일 찍 나가지 않는데? 안 그래?"

"맞는데요? 못 믿겠으면 학교에 직접 물어보시던가요. 대체 지금 뭐 때문에 이러시는 건데요?"

원장 부인은 건방지게 또박또박 말대꾸를 하는 범태가 못 마땅하다는 듯 사납게 노려보았다.

"아침마다 창고에 들락날락하며 몰래 물건을 가져가려고 그러는 거 아냐? 일부러."

"아닌데요! 처음 듣는 소린데요?"

범태가 발끈해서 목소리를 높였다.

원장 부인은 코웃음을 치더니 범태의 가방을 낚아채듯이 거칠게 빼앗았다.

"너, 가방 이리 내봐."

"뭐에요!"

범태가 항변했지만 아랑곳하지 않고 원장 부인은 가방 안 을 뒤졌다.

"은혜도 모르는 새끼! 집에 갈 때 되면 고맙습니다, 하고 갈 것이지. 어디다 손을 대! 응? 어따 손을 대!"

"여보!"

아내의 돌발 행동에 당황한 원장이 소리를 질렀다. 하지만 원장 부인은 손을 멈추지 않았다. 가방을 열어 안에 물건들을 모조리 바닥에 쏟아 부었다. 하지만 교과서와 노트들만 나올 뿐, 의심스러운 물건은 보이지 않았다.

민망하면서도 허탈해진 원장 부인은 그대로 바닥에 주저앉았다. 하지만 사과 같은 건 하지 않았다. 오히려 억측만 늘어놓았다.

"그래, 다 학교에서 팔아먹었겠지."

원장은 아내의 행동이 어처구니가 없었지만 또 설마 하는 의심의 눈초리도 거두지 않았다. 원장은 범태를 아래위로 훑으며 말했다.

"진짜 너야? 여기서 딱 얘기해. 당장 아침에 쫓겨나기 싫으면."

"아닌데요. 저 진짜 아닌데요."

졸지에 도둑으로 몰린 범태는 억울하다는 듯 울먹거렸다. 하지만 원장 내외는 그 말을 믿지 않는 듯 했다.

"아, 내가 무슨 죄를 지었다고. 진짜 속 터진다. 나중에 무슨 호사를 누리겠다고 이 고생을 하고 있는지 원. 이럴 바에야 내 배 아파 내 새끼 낳는 게 낫지. 뒤통수 맞을까봐 무서워서 어디 키우겠어?"

원장 부인은 범태를 노골적으로 범인이라 매도했다. 물증이 나오지 않았는데도 범태의 짓이라고 확신하는 건 평소에도 범태를 그다지 마음에 안 들어 했다는 반증이기도 했다.

범태는 억울했다. 자기가 그런 게 아니라고 아무리 얘기해도 원장 내외는 귓등으로도 듣지 않는 듯 했다.

"여보, 어서 들어가."

분위기가 점점 험악해지자 원장은 더 이상 일이 커지는 걸 막기 위해 아내를 일으켜 세웠다.

"너희들, 진짜. 아, 정 떨어진다. 정 떨어져."

원장 부인은 남편에 이끌려 방으로 들어가면서 고개를 절레절레 흔들었다. 원장은 아이들에게 무심한 손짓으로 그만 일어나라 하고는 아내를 토닥이며 원장실로 들여보냈다.

"오늘밤까지 시간 준다. 알겠니?"

원장은 마지막으로 경고라는 듯 아이들에게 당부했다.

"네."

아이들은 서로 눈치를 살피며 기어들어가는 목소리로 대답했다

"그럼 어서들 들어가서 자. 이 문제는 내일 다시 이야기하자."

아이들이 인사를 하고 방으로 들어가자 영재도 원장에게 고개를 숙였다.

"아빠, 안녕히 주무세요."

원장은 인사 받을 기분이 아니라는 듯 낮게 헛기침을 하고는 방으로 들어갔다. 그러고는 소리가 나도록 문을 거칠게 닫았다.

거실에는 범태와 영재만 남게 되었다. 흡사 한차례 폭풍이 휩쓸고 지나간 것 같았다. 둘은 서로 말을 하지 않았다.

범태는 힘없이 주저앉아서 바닥에 내팽개쳐진 책들을 가방에 주워 담았다. 착잡한 심정으로 가만히 지켜보던 영재는 조용히 다가가 범태를 거들었다.

"씨발, 내가 그런 게 아닌데……."

범태는 억울한 마음에 눈물이 날 것 같았다. 진범이 누구인지 너무도 잘 아는 영재는 그런 범태의 모습을 차마 보지 못 하고 천천히 일어나 방으로 들어갔다.

방으로 돌아온 두 사람은 늦게까지 잠을 이루지 못했다.

영재는 죄책감 때문에, 범태는 억울하고 분한 마음에.

머리까지 이불을 끌어올린 범태는 감정을 추스르지 못해 베개에 얼굴을 묻고 소리를 죽이며 흐느꼈다.

"그만, 자."

영재가 말했다.

"좆나 억울하네."

범태는 기어이 참지 못하고 한마디 내뱉었다.

영재는 일부러 못 들은 척, 눈을 감으며 이불을 끌어당겼다.

몇 시간이 흐르고, 영재는 잠에서 깼다. 영재는 살며시 이불을 걷고 침대에서 내려왔다. 밤새 울고불고 난리칠 것 같았던 범태는 어느 틈에 깊이 잠들었는지 코를 골고 있었다. 영재는 다시 한 번 범태가 잠든 걸 확인하고 도둑고양이처럼 발소리를 죽이며 방을 빠져나왔다.

거실은 쥐 죽은 듯이 고요했다. 새벽녘이라 깨어있는 사람은 없었다. 원장 내외가 쓰는 안방에서도 원장이 요란하게 코를 고는 소리가 들려왔다.

영재는 아주 조심스럽게 현관문을 열고 밖으로 나갔다. 그러고는 건물 뒤편의 창고로 걸음을 옮겼다. 영재는 누군가 보는 사람은 없는지 주변을 살핀 뒤, 주머니에서 열쇠를 꺼내 창고를 열었다. 그리고 천천히, 신중하게 창고 안으로 들어갔다.

***

"불의에 기뻐하지 않고 진실을 두고 기뻐합니다. 사랑은 모든 것을 덮어주고, 모든 것을 믿으며, 모든 것을 바라고, 모든 것을 견디어 냅니다. 주님의 말씀입니다."

보좌신부는 열정적으로, 그리고 성실하게 기도문을 외우는 영재를 바라보며 흐뭇한 미소를 지었다

"아멘."

얼마 전에 신부가 되겠다고 한 말은 그냥 내뱉은 게 아니었던 거구나. 보좌신부는 영재를 그렇게 확신했다. 그리고 이 어린아이의 신앙이 바르고 깊다는 생각이 들었다. 때로 면피를 위해 거짓을 말하는 아이들도 더러 있었지만 그가 보기에 영재는 그런 아이는 아닌 것 같았다.

"그리스도의 몸."

보좌신부는 경건한 목소리로 영재에게 영성체를 건넸다. 영재는 성심을 다해 응답했다.

"아멘."

보좌신부의 입가에 미소가 떠올랐다. 영재도 기분 좋게 미소를 지었다.

신부는 모르고 있었다. 물건을 훔치는 날이면 영재는 유독 열심히 기도를 올리고 적극적으로 미사에 임했다. 누군가에게 이야기를 한 적은 없지만 그건 영재에게 일종의 고해성사와 같은 의식이었다. 물론 한 번도 자신의 절도에 대해 누구에게도 밝힌 적은 없다. 그래서 이 기도가 어쩌면 영재

에게는 스스로에게 주는 면죄부였는지도 몰랐다. 그렇게 오늘도 영재는 한결 가벼워진 마음으로 성당을 나섰다.

"박영재."

집에 거의 다다랐을 때 뒤에서 낯익은 목소리가 영재를 불러 세웠다. 범태였다. 간밤의 일로 마음고생을 많이 한 탓인지 범태는 수척해진 얼굴로 영재에게 가볍게 손을 흔들며 터벅터벅 걸어왔다.

"늦게 오네. 요새는 실업계도 야자를 하냐."

범태가 장난치듯 말을 걸었다.

"설마. 성당에 다녀오는 길이다. 미사를 돕고 왔어."

"그놈의 성당, 참 열심히도 다닌다. 박영재, 너 말이야. 진짜로 신부가 될 생각인 거냐? 야, 솔직히 말해 봐."

"어."

영재가 건성으로 대답하며 걸음을 뗐다.

"믿을 수가 있어야지."

그렇게 구시렁거리며 걸음을 옮기던 범태는 대문 앞에서 서성이는 누군가를 발견하고는 그대로 얼어붙었다.

"아, 씨……."

영재는 무슨 일인가 싶어서 고개를 돌렸다.

처음 보는 낯선 중년남자가 집 안을 흘끗거리다가 범태를 보더니 환하게 웃으며 손을 흔들었다. 범태와 서로 아는 사이인가 싶어서 영재는 눈치껏 남자에게 고개를 숙였다. 그러고는 누구냐고 물으려는데 범태가 눈을 부라리며 남자에게 성큼성큼 다가갔다.

"뭐야, 여기는 왜 온 거야?"

"왜 왔긴. 아들 보러 왔지. 그나저나 우리 아들, 안 본 사이에 왜 이리 말랐냐. 그렇게 신신당부했는데 여기서 잘 안 챙겨 먹이냐?"

낯선 남자는 범태의 아버지였다. 그는 능글맞게 웃으며 범태를 안으려고 두 팔을 벌렸다. 하지만 범태는 영재를 의식했는지 한걸음 물러서며 아버지의 손길을 거부했다. 그러고는 다시 사나운 눈초리로 아버지를 쏘아보았다.

"용건 있으면 전화로 해도 되잖아. 왜 찾아온 거야. 여기서 이러지 말고. 저리로 가자."

범태는 아버지의 손을 잡고 막무가내로 끌었다. 하지만 범태 아버지는 아들을 잡아 세우더니 능청스럽게 말했다.

"그래도 여기까지 왔는데 인사 안 드려도 되나?"

범태는 어젯밤 일도 있고 해서 더욱 손사래를 쳤다.

"인사는 무슨. 그딴 거 안 해도 돼. 빨리 와. 영재야, 먼저 들어 가. 아빠 왔다고 얘기하지 말구."

"어, 어. 그래, 알았어."

참 공교로웠다. 하필 이런 때에 아버지가 찾아오다니. 범태

입장도 참 난감하겠구나 하고 영재는 생각했다.

"아, 니가 우리 범태랑 같은 방 쓴다는 영재구나."

범태 아버지가 갑자기 알은체를 하며 영재에게 악수를 청했다. 영재는 얼떨결에 범태 아버지가 내민 손을 잡았다.

"아, 예……."

범태 아버지 잡은 손을 꼭 쥔 채 연신 사람 좋은 웃음을 띄며 말했다.

"얘기 많이 들었다. 어때, 우리 아들이랑 같이 지내는 게 만만치 않지? 얘가 나 닮아서 성격이 괴팍한 데가 있어서 말이야. 니가 이해 좀 해줘. 어쨌든 한솥밥 먹고 지내는 친구 사이잖아. 같은 처지끼리 서로 의지하고, 응? 뭐 그렇게 지내는 거지."

"네, 뭐. 저는 그건 그냥……."

영태는 뭐라 대꾸해야 할지 몰라 머리를 긁적였다.

"앞으로도 범태 옆에 계속 있어 줄 거지? 응?"

영재는 범태를 흘끗 쳐다봤다. 범태는 인상을 구기며 아버지의 손을 거칠게 잡아챘다.

"지금 뭐하는 거야, 쪽팔리게. 얼른 가자. 어? 저기 가서 얘기 하자고."

범태는 씩씩거리며 아버지를 더욱 세게 잡아끌었다. 범태 아버지는 아들에게 끌려가는 와중에도 영재에게 당부하는 것을 잊지 않았다.

"우리 범태, 잘 좀 부탁해. 담에 볼 때 아저씨가 맛있는 거 사줄게."

영재는 멋쩍게 웃으며 고개를 숙였다.

"네, 안녕히 가세요."

범태 아버지는 히죽 웃더니 영재에게 손을 흔들며 말했다.

"먼저 들어가라."

"아, 그만. 조용히 하고 빨리 따라 와!"

범태는 누가 들을까봐 그러는지 목소리를 낮추며 아버지를 끌고 놀이터 쪽으로 향했다.

이윽고 두 부자가 완전히 시야에서 사라지자 영재는 어깨를 으쓱하고는 초인종을 누르고 집 안으로 들어갔다.

"다녀왔습니다."

거실로 들어서며 인사를 하는데, 원장이 상기된 얼굴로 불쑥 나왔다.

"밖에 범태 아버지 맞지?"

"네? 네……."

영재는 조용히 고개를 끄덕였다.

"뭐지, 벌써 데리러 오신건가. 오셨으면 안으로 좀 들어오시지. 범태 문제로 할 이야기도 있는데……."

원장은 중얼거리다가 영재를 쳐다보며 툭 내뱉듯이 물었다.

"뭐라던? 왜 찾아왔대?"

"그게 별 말씀 안 하셨어요. 그냥 잠깐 범태한테 할 말씀 있으셔서 찾아왔다고만……."

영재는 자기도 잘 모른다는 듯이 말했다. 원장은 미심쩍다는 얼굴로 영재를 바라보았다.

"뭐, 연락을 하겠지. 알았다. 그건 알았고, 곧 손님 오니까 마루에 걸레질 좀 해."

"네."

영재는 원장에게 손님이 누구인지 물으려다가 어차피 대답해 줄 것 같지 않아 그냥 고개를 끄덕였다. 그러고는 가방을 방에 가져다놓고 다시 나와서 걸레를 집어 들었다. 늦게까지 미사를 보느라 조금 피곤한 상태였지만 원장의 말을 거슬러봐야 좋을 게 없었다.

영재는 마루를 닦기 시작했다. 사실 거의 매일같이 청소를 하기 때문에 딱히 걸레질이 필요한 건 아니었다. 하지만 원장이 지켜볼 수도 있기 때문에 대충 시늉만 하는 건 현명하지 않은 행동이었다. 영재는 두 손으로 빡빡 마루를 닦았다.

그렇게 한참을 닦고 있는데 범태가 잔뜩 굳은 얼굴로 나타났다. 그러고는 이제 오냐고 인사를 건네려는 영재를 보는 체도 하지 않고 방으로 들어가 버렸다. 영재는 걸레질을 멈추고 범태를 따라 방으로 들어갔다.

"씨발!"

범태가 신경질적으로 가방을 바닥에 패대기쳤다가 마침 방으로 따라 들어오는 영재를 보고 쓰게 웃으며 다시 가방을 주워들었다. 마치 보여주고 싶지 않은 모습을 들켰다는 듯 애써 딴청을 피우며 가방을 구석에 조용히 내려놓았다.

"왜?"

영재가 물었다.

"뭐?"

범태가 퉁명스럽게 되물었다.

"뭐라시는데?"

"누가."

범태는 영재가 무엇을 말하는지 알면서도 계속 동문서답했다. 영재는 다그치고 싶지 않았지만 다시 또 묻고 말았다. 어쩌면 자신에게도 곧 일어날 일일지도 모르기 때문이었다.

"너희 아버지 말이야."

"몰라도 돼."

"집에 뭔 일 있는 거야?"

영재는 범태가 질문에 대답할 때까지 계속 물어볼 심산인 듯 했다. 범태는 결국 입을 꾹 다물었다.

"어?"

영재가 답답한 듯 다시 물었다.

범태는 망설였다. 속 시원히 털어놓고 싶은 마음도 있었지만 서로 같은 처지에 옹색한 해결책이나마 해줄 수 없는 영재에게 말해본들 무슨 소용이 있을까 싶었기 때문이다. 그런 범태의 마음을 아는지 모르는지 영재는 좀 더 가까이 범태에게 다가섰다. 그리고 다시 한 번 무슨 일인지 물어보려는데 밖에서 인기척이 들렸다.

"얘들아, 손님 오셨네."

원장이 아이들을 불렀다. 아마도 후원을 해주는 자선단체에서 찾아온 모양이었다. 영재는 어쩔 수 없다는 듯 고개를 저으며 방문을 나섰다. 그렇게 둘의 대화도 거기서 끊기고 말았다.

*＊＊

다음날 새벽녘.

평소랑 다름없이 영재는 알람이 울리기도 전에 잠에서 깼다. 잠결에 부스럭거리는 소리가 들려 무슨 소리인가 싶어서 고개를 들어보니 여느 때 같으면 아직까지 자고 있어야 할 범태가 웬일로 일찍 일어나 가방을 챙기고 있었다. 그런데 무슨 까닭에선지 범태의 표정이 어딘가 모르게 어두워보였다.

"어디 가?"

영재가 불쑥 물었다. 범태는 자고 있는 줄 알았던 영재의
목소리에 흠칫 놀랐다.

"아, 그게 주번이라서 일찍 가야 돼."

궁색한 변명이었지만 영재는 더는 묻지 않았다.

"더 자."

범태가 말했다.

"어."

영재는 일부러 보란 듯이 이불을 끌어당겼다.

범태는 돌아눕는 영재를 잠시 바라보더니 조용히 가방을
메고 방에서 나왔다. 이른 시각에 집을 나선 범태는 차디찬
새벽공기를 맞으며 묵묵히 걸음을 옮겼다. 영재에게 둘러댄
것처럼 정말로 주번이었던 건 아니었다.

범태는 동네를 한 바퀴 돌고나서 평소에는 거의 찾지 않
았던 성당으로 걸음을 옮겼다. 새벽미사를 보기에도 너무
이른 시각이라 성당은 텅 비어있었다.

범태는 마리아 상 앞으로 힘없이 걸어갔다. 그러고는 멍하
니 마리아 상을 바라봤다. 마치 무언의 기도를 드리고 있는
것처럼. 하지만 범태는 알고 있었다. 이제 와서 기도를 드리
고 매달려봐야 자신의 목소리가 닿을 리 없다는 것을.

그래서 범태는 다른 걸 바라기로 했다. 기도의 대답이 아
닌 다른 형태의 대답을 말이다.

배덕의 시간

점심시간이 시작되자 아이들은 도시락을 꺼내 게걸스럽게 먹기 시작했다. 그리고 벌써부터 도시락을 비운 아이들 중 일부는 영재 책상으로 몰려들었다. 영재는 창고에서 꺼내온 물건들을 책상 위에 풀어놓고 마치 장사치마냥 아이들을 상대로 가격을 흥정했다. 가져오는 물건마다 신상품이어서 저렴한 가격에 구매하고픈 아이들이 주요 고객이었다.

창고에서 물건이 없어지고 있다는 사실을 원장 내외가 알아차렸음에도 영재는 여전히 물건을 훔쳤다. 무모한 짓인지 알면서도 멈출 수가 없었다. 아이들이 물건을 구매하고 건네는 지폐들이 지갑을 가득 메우는 느낌을 저버리지 못했던 것이다.

"야, 나와 봐."

준수가 아이들을 헤치며 영재에게 다가오더니 책상 위에 신발 하나를 턱 올려놓았다. 밑창이 너덜너덜하게 전부 뜯겨진 운동화였다. 운동화가 눈에 익었다. 몇 달 전에 준수에게 팔았던 조깅화였다.

영재는 이게 뭐냐는 눈빛으로 준수를 쳐다봤다.

"박영재, 밑창 이거 완전 씹창 난 걸 팔면 어떡해. 이 쓰레기야."

준수가 윽박지르듯이 내뱉었다.

"웅? 가지고 갈 땐 안 그랬잖아."

영재가 말했다.

"뭔 개소리야. 가지고 갈 땐 몰랐잖아. 몇 번 신어보니 금방 씹창 나던데. 돈으로 물려주든가 아님 새 걸로 바꿔줘."

"야, 그래도 신었던 걸 어떻게 바꿔줘. 이런 건 가게에서도 안 바꿔주는 거야. 그리고 니가 얼마나 신었는지도 모르는데 솔직히……."

"그래서 안 바꿔 주시겠다?"

준수가 입술꼬리를 올리며 비릿하게 웃었다.

"미안해."

영재는 준수의 서슬에 기가 죽어 사과했다. 영재의 사과에도 아랑곳없이 준수는 좀 더 서늘한 눈빛으로 영재에게 몸을 기울이며 속삭이듯 말했다.

"그럼 씨발, 신고해야지. 보자, 담탱이한테 꼰지르는 게 빠를까. 경찰에 스트레이트로 꼬지르는 게 빠를까. 나야 어차피 니 물건 어디서 났는지도 모르고. 훔친 거면 중죄 아냐? 또 까놓고 말해서 너 같이 부모 없는 애들 손버릇은 타고 난 거고. 그럼 많이 아주 많이 곤란할 텐데, 괜찮겠냐?"

영재는 순간 울컥했지만 맞받아치지 못했다. 상대가 나빴다. 준수는 학교에서도 알아주는 싸움꾼이고, 또 담임에게 고자질한다는 말에 주눅들 수밖에 없었다. 분하지만 꼬리를 내리는 게 현명했다.

"얼마 주면 되지?"

영재는 기어들어가는 목소리로 물었다. 준수가 흡족하게 웃으며 말했다.

"십오."

나쁜 새끼. 십이에 사놓고 십오를 부르다니. 하지만 영재는 반박하지 않고 군소리 없이 지갑을 꺼내 십오만 원을 준수에게 건넸다.

"그래, 영재야. 진작 이렇게 쿨 하게 처리해 줬으면 서로 얼굴 붉히는 일은 없었을 텐데. 응? 암튼, 감사염."

준수는 씩 웃으며 돈을 받아들더니 신발을 놓고 사라졌다.

영재는 잔뜩 상기된 얼굴로 망가진 운동화를 가방에 넣다가 문득 아이들의 시선을 느꼈다. 반 아이들은 황당하다는 눈빛으로 영재를 바라보고 있었다. 그중에는 뭔가 꼬투리를 잡은 듯 눈을 빛내는 아이도 있었다.

영재는 입술을 지그시 깨물었다.

"너, 너희들도 혹시 신다가 문제 있으면 말해. 바로 바꿔줄게. 대신에 담임한테만 비밀로 해줘, 알았지?"

생각지도 못한 준수의 난입으로 장사를 제대로 하지 못한 영재는 남은 물건을 처리하기 위해 학교를 마치자마자 곧바로 pc방을 찾았다. 영재는 직거래 카페 몇 군데를 물색해 매매 게시판에 신발 사진을 업로드하고 구매자를 기다렸다. 메이커 브랜드이고 한 번도 신지 않은 정품이라고 글을 올려놓은 덕분인지 금세 구매를 바라는 댓글이 무수히 달렸다.

흡족하게 웃으며 댓글을 읽고 있는데 전화가 걸려왔다. 원장 부인이었다.

***

전화를 받자마자 숨을 헐떡이며 집까지 달려온 영재는 대문을 열고 급히 안으로 들어갔다. 마당 한가운데에 범태가 무릎을 꿇고 있었고, 보좌신부와 원장 부부가 무거운 얼굴로 대화를 나누고 있었다. 특히 원장이 단단히 화가 난 것 같았다. 영재가 걸음을 옮기며 흘끗 올려다보니 아이들이 베란다에 몰려나와 호기심 어린 눈빛으로 내려다보고 있었다.

"오셨어요?"

영재가 신부에게 인사했다.

"어, 요한아."

보좌신부는 짧게 인사를 받아주고는 다시 심각한 얼굴로 원장 내외를 바라보며 조심스럽게 말을 이었다.

"우선, 다행히 돈은 다 찾았으니 상관은 없는데 주임신부님께서 아마 신성한 성전에서 도둑질을 했다는 거에 화가 많이 나신 것 같아요. 아무래도 세모의 집이 저희 본당 관할이기도 하고 여러모로……."

거기까지 말한 신부는 영재를 의식했는지 말끝을 흐렸다.

"아무튼 주임신부님께는 제가 잘 말씀드리겠습니다. 너무 나무라지 마세요. 범태도 반성하고 있는 것 같으니. 저는 이만 돌아가 보도록 하겠습니다."

신부는 인사를 하고 서둘러 자리를 떴다. 일부러 자리를 피해주는 것 같았다.

"어, 가시는 거예요."

영재는 신부를 배웅하려고 따라가다가 원장의 한숨 소리를 듣고 걸음을 멈추었다. 신부 앞이라서 화를 참고 있었던 것이다.

신부가 대문 밖으로 사라지는 걸 확인한 원장은 한순간에 얼굴이 벌겋게 변해 씩씩거리며 범태에게 다가가 멱살을 움켜쥐고 거칠게 일으켜 세웠다.

"일어나, 새끼야! 은혜도 모르는 새끼! 할 짓이 없어서 성당을 털어? 말해봐, 새끼야. 니가 사람 새끼냐? 응?"

원장이 무시무시한 기세로 범태의 뺨을 갈겼다.

범태가 맥없이 주저앉았다. 뺨이 금세 빨갛게 부어올랐다. 입술도 터져서 피가 흘렀다. 원장은 그것으로는 성이 차지 않는지 범태를 다시 일으켜 세워 연거푸 뺨을 때렸다. 철썩, 철썩 하는 소리가 울릴 때마다 영재는 자기도 모르게 몸을 움찔거렸다. 매를 맞고 있는 건 범태였는데 왠지 원장이 자신을 때리고 있는 기분이 들었다.

"너 같은 새끼는 돌봐줄 필요가 없어!"

원장은 이제 손바닥으로 주저앉은 범태의 머리통을 마구 때렸다. 범태는 두 손으로 머리를 감싸고 낮게 신음했다. 아프다고 비명을 지르지는 않았다. 이를 악물고 어떻게든 버텨보려고 애쓰는 것 같았다. 터진 입술에서 피가 흘러내리고 얼굴에도 멍이 생겼다. 원장은 매를 멈추지 않았다. 하지만 그걸 보고도 원장 부인은 말릴 생각도 하지 않고 팔짱을 끼고 서서 조용히 지켜만 봤다.

영재는 어떻게 하면 좋을지 몰라 멍하게 서서 원장의 구타를 바라만 봤다.

"들어가서 짐 싸, 개새끼야! 이 개만도 못한 새끼."

때리다가 지쳤는지 원장은 손을 멈추고 가쁘게 숨을 몰아쉬었다. 범태는 입가에 흘린 피를 손등으로 훔치며 천천히 일어났다.

"영재, 너도 들어가서 같이 짐 싸줘."

원장의 말에 영재는 황급히 고개를 숙였다. 원장이 숨을 내뱉고 나서 베란다를 올려다보자 시선이 마주친 아이들은 누가 먼저랄 것도 없이 방으로 도망쳤다. 원장은 침을 탁 뱉고는 집 안으로 걸음을 옮겼다.

"은혜도 모르는 새끼."

원장 부인은 그렇게 쏘아붙이고는 남편과 함께 안으로 들어갔다.

그렇게 다시 영재와 범태 둘만 남게 되었다. 영재는 간신히 버티고 서 있는 범태를 보며 작게 한숨을 쉬었다.

"가자."

범태는 대꾸도 하지 않고 터벅터벅 걸음을 옮겼다. 영재도 조용히 범태를 따라갔다.

거실엔 아무도 없었다. 원장 내외는 방으로 들어갔는지 보이지 않았고 아이들도 모두 저마다 숨을 죽이고 이 시간을 견디고 있었다. 범태는 원장실을 흘긋 보고는 입술을 깨물며 방으로 들어갔다. 그리곤 옷장을 열어 큰 책가방을 꺼내 자신의 몇 안 되는 옷가지를 쑤셔넣었다. 그러는 동안 영재는 문 앞에 가만히 서서 물끄러미 바라만 보고 있었다.

"뭐?"

영재의 시선을 의식했는지 범태가 돌아보며 퉁명스럽게 물었다.

"왜?"

"뭐가?"

범태는 늘 이런 식이다. 자신이 말해주어야 할 질문에 대답 대신 질문을 한다.

"왜 그랬냐고! 왜 성당 모금함을 털었어! 말해봐, 무슨 이유가 있을 거 아니야. 미친 게 아니고서야 어떻게……."

"알아서 뭐하게. 말하면 듣기나 하냐."

"들어줄 테니까 말해봐."

범태는 영재를 물끄러미 바라보다가 가방을 내려놓고 침대에 걸터앉았다.

"어제 우리 꼰대 왔었지. 씨발, 나보고 그러더라. 담달에 데리러 온다더니 갑자기 못 데려 가겠단다. 이번에 새로 만난 아줌마가 나처럼 큰아들이 있는 줄 몰랐나 봐. 어제 그렇게 불쑥 찾아와서는 갑자기 너 알아서 살아라, 이러는데……."

"그래서?"

"씨발, 그럼 어떡해, 너는 저 인간들 똥꼬라도 잘 핥아놔서 계속 여기에서 뭉갤 수나 있지. 난 당장 나가야 하는데. 나보고 어딜 가라고. 돈도 한 푼 없는데 방법이 있냐? 이 겨울에 그냥 얼어 죽으라는 거지, 그게."

"그럼 원장 엄마한테라도 얘기를 하지."

영재는 안타까운 마음이 들었다. 흡사 자신이 자신에게 말하는 듯한 착각도 들었다.

"하아, 씨발. 참 잘도 들어주겠다. 매일 밤낮으로 넌 어차 피 나갈 거니까 이 지랄하면서 얼마나 더럽게 눈치를 주는 데……."

범태는 말도 안 된다는 듯 콧방귀를 뀌었다.

"새끼야, 그렇다고 성당을 털어?"

"그럼 어쩌라고."

"야, 내 입장도 좀 생각해 줘야지."

영재는 혀를 차며 고개를 흔들었다.

"응? 니 입장?"

범태가 입술을 실룩거리며 무슨 소리냐는 듯 되물었다.

"그래, 너 그러고 나가 버리면 나는 어떡하라고. 뻔한 거잖 아. 너 다음이 누구겠어. 나까지 쪼을 거 아냐. 공부도 잘하 는 새끼가 그렇게 생각이 없냐."

영재의 말에 범태는 어이없다는 듯 쳐다보았다. 그러더니 마치 대단한 뭔가가 생각났다는 듯 고개를 주억거렸다.

"아, 맞다. 그러네. 아, 졸라 미안하네. 맞네, 맞아. 시발 새끼, 걱정해주는 척 하더니. 야, 어차피 너 쪼일 생각만 하면서 왜 그랬는지 물어보긴 왜 물어 봐? 아, 맞다. 내가 잠시 잊었다. 너라는 새끼 내가 잘 알지. 좆같은 새끼. 그래, 내가 너같이 똥개처럼 살기 싫어서라도 여기서 나간다."

"참, 씨발. 새끼가 말을……."

영재가 울컥해서 뭐라고 반박하려는데 그러거나 말거나 범태는 다시 일어서더니 아까보다 더 악착같이 짐을 쌌다. 영재는 할 말을 잃고 범태의 뒤통수를 물끄러미 바라봤다.

***

새벽녘.

부스럭거리는 소리에 영재는 살며시 고개를 돌렸다. 밤새 거의 잠을 자지 못했던 영재는 마치 그때를 기다리고 있었던 것처럼 어둠 속에서 조용히 움직이는 범태를 찾았다. 범태는 불도 켜지 않은 채 가방을 챙겼다. 다들 잠든 시각에 조용히 집을 나설 모양이었다. 가방을 든 범태가 힐끗 고개를 돌렸다.

영재는 얼른 눈을 감고 잠든 척 가만히 있었다. 범태는 잠시 영재를 바라보다가 가방을 들고 밖으로 나갔다. 눈을 감은 채로 거실을 지나는 발소리를 듣던 영재는 현관문을 여는 소리가 들리자 조용히 눈을 떴다. 하지만 일어나서 밖을 내다보진 않았다. 그저 눈만 깜빡이며 천장을 바라봤다.

이윽고 대문 열리는 소리가 들리고 골목을 뛰어가는 범태의 발소리가 들렸다. 영재는 조용히 일어나 주인을 잃은 침대를 멍하니 쳐다봤다. 마음에 차가운 바람이 스며들었다.

가족이란 굴레

기상을 알리는 알람이 울렸다. 영재는 여느 때처럼 방에서 나와 아침상을 차리는 걸 거들기 위해 주방으로 향했다. 원장이 잔뜩 굳은 얼굴로 가스레인지 앞에서 국을 데우고 있었다.

"안녕히 주무셨어요."

영재는 인사를 한 후 밥솥 앞으로 가서 밥을 펐다.

"범태 새끼 언제 나갔냐?"

원장이 등을 돌린 채, 지나가는 투로 물었다.

"글쎄요. 일어나보니 이미 없던데요."

"밤엔 별 얘기 안 하고?"

"네. 왜 그랬냐고 물어봐도 아무 대답도 안 하고……."

영재는 일부러 범태 아버지에 대한 이야기를 하지 않았다. 어차피 떠난 놈이다. 이제 와서 시시콜콜 속사정을 전할 이유는 없었다.

"씨발! 인간 새끼도 아닌 새끼를 쳐 키워 놨어. 동네 개새끼도 나갈 때 인사는 하지. 이런 새끼들 먹여서 뭐해."

원장이 갑자기 쥐고 있던 국자를 바닥에 패대기쳤다. 영재는 황급히 국자를 줍고 나서 걸레를 가져와 바닥을 닦았다.

"너, 오늘 마치고 집에 갔다 와."

원장이 걸레질을 하는 영재의 뒤통수에 대고 차갑게 내뱉었다. 영재는 흠칫하며 걸레질을 멈추고 원장을 돌아봤다.

"네?"

"집에 하루 갔다 오라고. 가서 집에 갈 수 있는지 보고 오라고. 낼 주말이니까 학교도 안 가도 될 거고."

원장은 신경질적으로 말했다.

"저는 왜……."

영재는 크게 당황해서 되물었다. 범태 때문에 자기한테까지 불똥이 튄 것 같아 괜히 억울한 기분이 들었다.

"왜긴 왜야. 진짜 몰라? 아, 씨발. 다 큰 새끼들은 돌려보내야지. 이번 일로 성당이고 구청이고 가만히 안 있을 텐데. 이제 큰 새끼들은 안 받아야겠어."

원장은 정말 몰라서 묻느냐는 듯 거칠게 쏘아붙였다. 마치다 알면서 순진한 척 하지 말라는 엄포처럼 들렸다.

"그래도 저는 성당에선 별 말 안 할……"

"성당이야 여기 계속 다니면 되지. 딴 데 가더라도. 그리고 말이야. 나는 모르겠어, 너라는 새끼도. 솔직히 말해서 신부 님도 그렇고, 니 원장 엄마도 그렇고, 다들 너 신부님, 신부 님 하는데 말이야. 글쎄다. 나는 믿음이 안 가. 확신도 안 서. 정말 니가 그럴만한 인물인지. 그전에 니가 신학교에 들어갈 수나 있을지……"

영재는 오소소 소름이 돋았다. 원장이 지금껏 감춰왔던 속내를 처음으로 드러냈기 때문이다. 이런 마음으로 여태 나를 지켜보고 있었던 걸까. 뭐라고 대꾸해야 할지 몰라서 머뭇거리는데 원장이 다가와 나직하게 속삭였다.

"내 마음 알지? 아끼니까 냉정하게 얘기해 주는 거야. 하 여튼 갔다 와."

마지막 말은 거의 협박에 가까웠다. 영재는 말없이 고개를 끄덕였다. 원장은 쌩하니 반찬통을 들고 거실로 향했다.

"빨리 일어나 밥 먹어라, 이 새끼들아!"

원장의 고함소리에 아이들이 하나둘 모여들었다.

영재는 일어나서 멍하니 손에 쥔 걸레를 바라봤다. 뭔가 대책을 세워야 한다. 그렇지 않으면 여기서 쫓겨날지 모른다. 영재는 두려웠다. 전혀 생각하지 않았던 상황이 벌어지려고 했다. 지금껏 정말 잘 버텨왔는데…….

불안은 영재를 무기력하게 만들었다. 의욕도 상실한 채 학교에서도 멍하니 수업에 집중하지 못하고 시간만 보냈다. 쉬는 시간에도 물건을 팔지 않고 책상에 엎드려 잠만 잤다. 하지만 아이들은 그런 속사정을 모르기에 오늘은 영재가 무슨 물건을 가져왔는지 궁금할 따름이었다.

오후가 되어서도 영재가 물건을 팔 기미가 보이지 않자, 아이들 몇이 호기심을 이기지 못하고 영재 책상으로 다가와 몰래 가방을 뒤졌다. 엎드려서 자고 있던 영재는 이상한 낌새를 차리고 벌떡 일어나 가방을 뒤적거리고 있는 아이에게 버럭 소리를 질렀다.

"뭐 하냐, 지금?"

"아, 그게."

"뭐 하는 거냐고. 왜, 남의 가방을 뒤지고 지랄이야."

평소와 다른 영재의 거친 모습에 아이는 조금 움찔했다.

"아, 나는 그냥 오늘 물건 뭐 들어왔나 싶어서. 근데 오늘은 장사 안 해?"

"오늘 안 해. 그러니까 꺼져."

아이는 별일이라는 듯 고개를 갸웃거렸다.

"야, 소문 듣고 옆 반 애들도 왔어."

영재는 흘끔 주변을 보더니 시큰둥하게 내뱉었다.

"담에 와. 오늘은 안 팔아."

계속해서 영재가 냉담한 반응으로 일관하자, 아이들은 자기들끼리 숙덕거리며 물러났다. 영재는 다시 잠을 청하려다가 무슨 생각에선지 가방을 메고 복도로 빠져나왔다. 반장이 영재를 발견하고 쫓아왔다.

"야, 박영재! 어디 가!"

"몰라. 땡땡이."

그 길로 학교를 나온 영재는 주변을 배회하며 범태를 찾아 나섰다. 이번 일은 범태로 인해 생겨났으니 해결하려면 역시 범태가 있어야 한다고 생각했다. 나갈 때는 나가더라도 원장 부부와 성당에 가서 제대로 사과를 하고 어른들의 마음을 어떻게든 돌려놔야 한다고 생각했다. 그러면 자기에게 튄 불똥도 해소할 수 있을 거라 판단했다.

영재는 범태에게 전화도 걸어보고 평소에 범태가 다녔을 만한 곳을 찾아다녔다. 하지만 수십 번을 걸어 봐도 범태는 전화를 받지 않았다. 범태가 다녔던 학교 주변의 pc방들을 찾아다니며 수소문을 해보았지만 도무지 찾을 수가 없었다. 어느새 지쳐버린 영재는 범태에게 전화를 걸어 음성사서함에 메시지를 남겼다.

"범태야. 전화 좀 해줘. 웬만하면 그냥 싹싹 빌고 들어와. 갈 데도 없잖아 너. 하여튼 전화 좀 부탁한다."

영재는 한숨을 쉬며 종료버튼 눌렀다. 그런데 그때.

'너, 오늘 마치고 집에 갔다 와.'

불현듯 아침에 원장에게 들은 말이 떠올랐다.

"씨발."

영재는 더러운 뭔가를 삼킨 듯한 기분에 퉤 하고 가래침을 뱉었다. 당장은 집에 갈 수가 없었다. 아버지와 동생을 마주할 기분이 아니었던 건 물론이거니와 그 집으로 다시는 발을 들여놓고 싶지가 않았다.

망설이는 동안 시간은 속절없이 흘렀다. 벌써 날이 어두워지고 있었다. 아침에 그렇게까지 말을 들었으니 오늘은 세모의 집에 갈 수도 없다. 그랬다간 자기 말을 무시한다고 여긴 원장이 불같이 화를 낼 게 뻔했다.

결국 고민 끝에 영재가 찾아간 곳은 pc방이었다.

교복을 입고 입장하는 영재를 보고 아르바이트생이 흘끔 시계를 확인했다. 벌써 여덟 시를 지나가고 있었다.

"학생은 열 시까지다. 알고 있지?"

"네."

영재는 건성으로 대답하고 빈자리를 찾아가 앉았다.

"여기, 컵라면 하나 주세요."

아르바이트생은 주문받은 컵라면을 가져다주며 다시 한 번 당부했다.

"너, 열 시 전에 꼭 나가야 한다. 알았지?"

영재는 귀찮다는 듯 알겠다며 고개를 끄덕였다. 자리에 돌아온 아르바이트생은 여전히 안심이 안 되는지 영재의 뒤통수와 시계를 번갈아 쳐다봤다. 결국 열 시를 넘기고도 영재가 일어날 기미를 보이지 않자, 아르바이트생은 씩씩거리며 다가가 영재를 강제로 끌어냈다.

"내가 아까 뭐랬지? 민짜는 열 시까지랬지. 너 때문에 단속 나왔다가 걸리면 책임질 거야? 어린 새끼가 왜 어른 말을 안 들어. 이렇게 늦게까지 안 들어오는데 너희 집에선 걱정도 안 하냐? 빨리 집에 들어가, 새끼야."

영재는 아르바이트생에게 질질 끌려가며 생각했다.

'집. 내가 돌아갈 집. 그건 어느 집을 말하는 걸까. 아들을 남의 집에 맡기는 무능한 아버지가 기다리는 집? 아니면 진짜 가족도 아닌데 가족이라 부르며 함께 살고 있는 세모의 집? 어느 쪽이든, 나를 내보내지 못해서 안달이 났는데 나보고 어디로 가라는 거지, 지금.'

피식, 피식 자조적인 웃음이 나왔다.

"뭐야, 웃어? 이거 완전 똘끼 작렬이네. 아, 이거야 원."

입구까지 영재를 끌고 나온 아르바이트생은 영재가 피식거리는 걸 보고 어이없다는 듯 고개를 흔들었다.

"너, 다시는 우리 가게 오지 마라."

아르바이트생은 엄포를 놓고 pc방으로 돌아갔다.

거리로 쫓겨난 영재는 주위를 둘러보았다. 어디를 둘러봐도 갈 곳이 마땅치 않았다. 영재는 길게 한숨을 내쉬었다.

"진짜 나보고 어쩌라는 거냐."

***

자정이 가까울 무렵, 마을버스 막차가 산동네 입구에서 정차했다. 마을버스는 영재를 내려주고 다음 정류장으로 떠났다.

영재는 주위를 둘러보았다. 이곳은 영재가 아주 어릴 때부터 살던 동네였다. 몇 년 만에 왔지만 예전 모습 그대로였다. 저쪽에 낯익은 구멍가게가 보였다. 문구점을 겸한 작은 식료품 가게였다. 주인 영감이 허리를 두드리며 나와 물건을 정리하고 문을 닫을 준비를 하고 있었다. 영재는 잠시 망설이다가 가게로 달려가 음료수 세트를 사가지고 나왔다. 솔직히 빈손으로 가도 뭐라고 할 사람은 없었지만 스스로 부담을 느끼고 있었다.

영재는 음료수 상자를 들고 천천히 가파른 언덕을 올라갔다. 곧 큰길이 끝나고 복잡한 미로 같은 골목길이 나타날 것이다. 영재는 숨을 고르며 묵묵히 그 길을 걸었다.

이윽고 목적지에 다다랐다.

낡고 허름한 다세대 주택이 영재의 시야에 들어왔다. 반지하에 위치한 방 두 칸짜리 월세집. 예전에 영재가 살았고, 지금도 부모님과 동생 민재가 살고 있는 집.

창문으로 불빛이 새어나오고 있었다. 아직 깨어있는 모양이었다. 영재는 잠시 불이 꺼질 때까지 기다렸다. 그렇게 십여 분 정도 지나자 마침내 불이 꺼졌지만 영재는 그러고도 십여 분을 더 기다렸다.

영재는 조심스럽게 녹슨 대문을 밀었다. 예전에 영재가 살던 무렵부터 이미 잠금장치가 망가진 문이었다. 지금에 와서 새삼스럽게 집주인이 문을 고쳤을 리가 없었다. 영재는 아무것도 바뀌지 않은 그곳으로 천천히 걸어 들어갔다.

영재는 발소리를 죽이고 마당을 가로질러 반지하방으로 향했다. 집으로 나 있는 계단을 살금살금 내려가 현관문을 밀었다. 대문과 마찬가지로 현관문도 고장 나 있긴 마찬가지였다.

문을 열어보니 주방을 겸한 비좁은 거실엔 불이 꺼져 있었다. 영재는 신발을 벗고 집 안으로 발을 들였다. 들고 있던 음료수는 입구에 살며시 내려놓았다. 그러고는 발소리를 죽이고 동생이 자고 있을 작은방의 문을 조용히 열었다.

"누, 누구……."

잠결에 문이 열린 걸 알고 동생이 깜짝 놀라 소리를 치려고 했다. 영재는 황급히 조용하라고 손짓했다.

"쉿. 나야."

"형?"

영재는 고개를 끄덕였다. 민재가 반가운 마음에 불을 켜려고 하자, 영재는 고개를 저으며 동생을 말렸다.

"불 켜지 마."

"왜?"

민재가 고개를 갸웃했다.

"불 켜지 마. 자, 얼른."

영재는 혹시라도 아버지가 깰까봐 안방 쪽을 흘끗거리고는 동생을 억지로 눕혔다.

"무슨 일로 온 거야? 혹시, 아예 온 거야?"

민재가 물었다.

"갈 때 말했잖아. 집구석 다신 안 돌아온다고."

영재는 단호히 고개를 가로저으며 말했다.

"근데 왜 온 거야?"

오랜만에 만난 동생은 궁금한 게 많은 모양이었다. 계속 형에게 질문을 던졌다. 이러다간 끝이 없겠다 싶었는지 영재는 짧게 한숨을 내쉬었다.

"원장이 한번 가보라고 떠밀어서 그래서 온 거야. 내일 바로 갈 거야. 자. 얼른."

영재는 동생 옆에 누웠다.

"좀 이따 가지."

민재가 아쉽다는 듯이 중얼거렸다.

"내일 학교 안 가?"

이번에는 영재가 물었다.

"내일 노는 토요일이잖아. 형은 학교 안 가?"

민재가 그것도 모르냐는 듯이 되물었다.

"어."

영재는 안방 쪽을 쳐다보며 말했다.

"아빠는 자."

눈치 빠른 동생은 형이 무엇을 신경 쓰고 있는지 너무도 잘 알고 있었다.

"자는 거 보고 왔어."

영재는 이미 알고 있다며 고개를 끄덕였다.

"아빠는 요새 일 해?"

혹시나 하는 마음에 물었다. 하지만 역시나 대답은 영재의 예상을 벗어나지 않았다.

"아니, 일은 안 하고 계속 교회만 다녀."

그놈의 교회. 영재는 지난번에 만났던 전도사를 떠올리며 입술을 지그시 깨물었다. 여전히 아버지는 자기 힘으로 돈을 벌어볼 생각은 없는 것이다.

"근데 한군데만 가는 게 아니라, 이 교회, 저 교회, 한 네, 다섯 군데 다녀. 나도 가끔 따라 가."

"안 벌면, 뭐 먹고 살아?"

영재는 한숨을 쉬며 나직이 물었다.

"엄마 일 하다가 허리 심하게 다쳐서 지금 큰이모네 가 있어. 병원비 없다고 아빠가 거기 가 있으라고 했거든."

엄마가 다쳤다는 말에 영재는 이맛살을 찌푸렸다. 처음 듣는 이야기였다. 지난번에 아버지를 만났을 때도 이런 이야기는 한 마디도 듣지 못했다.

'오로지 아들을 어떻게든 교회에 팔아넘길 궁리만 하지.'

더 이상 실망할 것도 없는 너무 무능하고 한심한 아버지였다.

"엄마 무슨 일 했는데?"

영재는 치밀어 오르는 화를 가까스로 억누르고 잇새로 내뱉듯이 물었다.

"공사장 아저씨들 밥 챙겨 주는 거."

함바집을 말하는 것 같았다. 잘은 모르지만 억센 인부들을 상대하느라 무척 힘들었을 것이다. 참아보려고 했는데 무의식중에 욕설이 튀어나왔다.

"한심한 새끼."

민재가 잠시 뜸을 들이다가 조심스럽게 말을 꺼냈다.

"형, 나도 형 지금 사는 데 한번 가보면 안 돼? 아빠가 거기 시설이 너무 좋아서 여기서 사는 것보다 훨씬 좋다고 그랬는데."

"그렇게 얘기하든? 미친……."

영재는 입을 다물지 못했다. 기가 차서 말이 나오지 않았다. 이제는 남은 아들 하나마저도 남의 집에 떠넘길 생각을 하고 있는 것이다.

"됐어. 자꾸 쓸데없는 소리하지 말고 얼른 자. 너도 함부로 그런 얘기하지 마. 오긴 어딜 와."

영재가 너무 정색해서 말을 하자, 민재는 말문이 막혀버렸다.

"자."

"잠옷 줄까?"

동생의 말에 영재는 실소했다. 언제 입었던 잠옷이라고. 맞지도 않을…….

"됐어, 자."

그러고는 이불을 끌어당기며 돌아누웠다.

민재는 서운했는지 눈을 말똥말똥 뜨고 영재의 등을 가만히 쳐다봤다. 형과 좀 더 이야기를 나누고 싶었다. 하지만 완고한 형의 뒷모습에 차마 입이 떨어지지 않았다.

＊＊＊

"어제 언제 들어왔든?"

영재는 잠결에 걸걸한 아버지의 목소리를 듣고 가만히 눈을 떴다. 하지만 일부러 일어나지 않고 계속 자고 있는 척을 했다.

흘끗 위를 올려다보니 벌써 해가 중천에 떠 있었다.

원래 계획은 동틀 무렵에 일어나 아버지가 깨기 전에 집을 나서는 것이었는데 여태 잠을 잔 것이다. 그것도 늦잠을. 아침마다 아침상을 차리는 습관이 들어서 진작 눈이 떠졌어야 했는데 뭔가 이상했다. 여기보다 훨씬 시설도 좋고 푹신한 침대도 있는 세모의 집에선 거의 매일같이 밤잠을 설쳤는데, 이 더럽고 초라한 집에선 믿어지지 않을 정도로 단잠을 잤다. 어째서?

"열두 시 쯤 넘어서 왔어."

"뭐 때문에 왔단 소린 안 하고?"

아버지의 목소리에 기대감이 잔뜩 묻어났다.

"응, 아무 말도 안 했어."

"형이 뭐라 안 해?"

"응."

민재가 힘없는 목소리로 대꾸했다. 아버지는 애써 침착한 척하며 민재를 다독였다.

"괜히 형한테 거기 사는 얘기 물어보지 마. 좋은 얘기 안할 거야."

"어."

그때 전화벨이 요란하게 울렸다. 아버지가 전화를 받으며 거실로 나왔다.

"아, 집사님. 오랜만입니다. 네, 뭐 그렇죠. 세가 다리를 한 번 오므리면 펼 수가 없으니 어디 외출이라도 자유롭게 못 해요. 네? 다른 교회요? 아우, 집사님은 다른 교회라니요! 무슨 그런 천벌 받을 말씀을 하십니까. 저한테 주님이 오로지 한 분뿐이 듯이 교회도 성심교회 밖에 없어요. 그럼요. 예, 혹시 전에 말씀드린 애들 장학금……."

거기까지 들은 영재는 더는 듣기 싫어 이불을 머리까지 뒤 집어썼다.

그런데 참 이상했다. 또 다시 잠이 밀려왔다. 영재는 에라, 모르겠다는 심정으로 밀려오는 수마에 저항하지 않고 그냥 몸을 맡겼다. 이윽고 거짓말처럼 깊은 잠에 빠져들었다.

그렇게 몇 시간이 더 흘렀다.

영재는 시장기를 느끼고 잠에서 깼다. 공복감만 아니면 몇 시간이고 더 잘 수 있을 것 같았다. 이런 숙면은 정말 오랜 만이었다.

눈을 비비고 일어서니 바로 옆에서 민재가 새우처럼 몸을 웅크린 채 낮잠을 자고 있었다. 영재는 이불을 끌어다가 동생을 덮어주고 거실로 나왔다. 안방을 살펴보니 다행히 아버지는 외출을 한 모양이었다.

영재는 냉장고를 열었다. 반찬이라고 해봐야 쉬어빠진 김치랑 콩자반이 전부였다. 다행히 밥솥에는 밥이 한가득 있었고, 냄비에도 미역국이 반쯤 채워져 있었다. 영재는 찬장에서 그릇을 꺼내 밥과 국을 펐다. 그러고는 상을 펼 것도 없이 그냥 바닥에 주저앉아서 밥을 국에 말아 시장기를 반찬으로 허겁지겁 먹었다. 너무 배가 고팠던 모양이다. 순식간에 밥 한 그릇을 비운 영재는 아직 포만감을 느끼지 못했는지 그릇을 들고 일어섰다.

그때 등 뒤에서 인기척이 들리며 아버지가 현관문을 열고 들어왔다. 영재는 아차, 싶었지만 이미 돌이킬 수도 없는 노릇이었다.

"왔어?"

아버지가 물었다.

"어."

영재는 쳐다보지도 않고 등을 보인 채 건성으로 대답했다.

"언제 가는데?"

"지금 갈 거야. 밥 먹고."

시종 퉁명스럽게 내뱉는 아들이 못마땅한지 창원은 입술을 실룩거렸다. 하지만 그다지 아들한테 떳떳한 입장은 아닌 걸 알기에 딱히 내색하진 않았다.

"엄마 없는데."

"들었어. 잘하는 짓이다."

그때서야 영재는 그릇을 싱크대에 내려놓고 비로소 아버지를 쳐다봤다.

"왜 왔어?"

아버지가 물었다.

"왜? 집에 오면 안 돼?"

영재가 쌀쌀맞게 쏘아붙였다.

"거기서 뭐 시켜서 온 거 아냐?"

"아냐."

어떻게 저런 발상을. 영재는 실소하며 고개를 가로저었다.

"민재도 데리고 오라는 소리 안 해?"

갈수록 가관이다. 영재는 헛소리하지 말라는 듯 눈을 부라렸다.

"거기 갈 때 분명히 말했지? 절대 안 된다고!"

아들의 시퍼런 서슬에 눌렸는지 창원은 슬그머니 시선을 피했다.

"밥숟갈 하나 줄어도 여전하네."

영재는 그런 아버지를 바라보며 빈정거렸다.

"아빠가 다리만 안 아프면 좀 벌어서 이사도 좀 가고 그래야 하는 건데……."

지긋지긋한 레퍼토리. 벌써 수년 째 들어온 이야기다. 결국 영재는 화를 참지 못하고 쥐고 있던 주걱을 내던졌다.

"씨발! 또 그 좆같은 소리. 철 좀 들어라, 제발!"

영재는 작은방으로 들어가 문을 거칠게 닫았다. 그 바람에 잠을 깬 민재가 눈을 비비며 일어났다. 민재는 씩씩거리며 교복과 가방을 챙기고 있는 영재를 보고 조심스럽게 물었다.

"벌써 가려고?"

"어."

"더 있다가 가지."

"됐어."

민재는 형을 멀뚱멀뚱 쳐다보다가 뭔가 생각났다는 듯 황급히 가방에서 문화 상품권 두 장을 꺼냈다.

"이거 교회서 준 건데, 형, 책 사봐."

영재는 가방을 챙기다가 말고 동생이 내민 상품권을 쳐다봤다.

"형, 책 보는 거 좋아하잖아. 받아."

"됐어. 너 써."

"그래도."

"됐다니까."

영재는 짜증 섞인 목소리로 내뱉고는 가방을 메고 일어섰다. 민재도 덩달아 형을 따라서 일어났다.

"저기, 그러면…… 형, 사는 데 놀러 가면 안 돼?"

민재의 말에 영재는 고개를 홱 돌리고는 동생을 사납게 노려봤다.

"한번만 더 그런 소리 해 봐. 오긴 어딜 와. 간다."

민재가 어떤 마음으로 그런 말을 한 줄 뻔히 알면서도 영재는 말이 곱게 나오지 않았다. 영재는 가방을 메고 거실로 나갔다.

창원은 안방에서 한가롭게 텔레비전을 보고 있었다. 아들이 간다는데도 내다볼 생각을 하지 않았다. 방금 전의 일로 단단히 삐친 모양이었다.

"아빠! 형, 벌써 간대."

민재가 부르는데도 창원은 고개 한 번 돌리지 않았다.

영재는 고개를 절레절레 흔들며 현관문을 열고 밖으로 나갔다. 민재가 발을 동동 구르며 형을 쫓아가려 신발을 찾아 신었다. 그런데 갑자기 영재가 돌아와 가방을 내려놓더니 전날 팔지 않은 운동화 두 켤레를 꺼내 민재에게 내밀었다.

"우와! 이거 뭐야. 형이 산거야? 이거 비싼 거잖아."

"몰라."

비싸다는 말에 창원이 안방에서 불쑥 고개를 내밀었다. 그러더니 그것 보라는 듯 고개를 끄덕였다.

"봐봐. 내 말이 맞지, 민재야. 형 사는 데서는 저렇게 좋은 신발도 사주고 그래. 근데 거기는 샤쓰 같은 건 안 주냐?"

"아, 진짜……."

영재는 한심하다는 듯 창원을 쳐다봤다. 머쓱해진 창원은 슬그머니 시선을 돌리더니 다시 텔레비전에 열중했다.

"나, 간다."

영재는 짧게 한숨을 내쉬고 밖으로 나왔다.

'두 번 다시 찾아오나 봐라.'

집을 나와 씩씩거리며 걷고 있는데 뒤에서 민재가 숨을 헐떡거리며 쫓아왔다.

"같이 가, 형. 어딜 그렇게 급하게 가."

처음에는 무시하고 계속 걸어가던 영재는 결국 혀를 차고 걸음을 멈추었다. 민재가 헉헉거리며 달려와 영재 앞에 섰다.

"왜?"

"같이 가, 형."

한참을 달린 민재는 허리를 굽히고 숨을 몰아쉬었다.

"들어가, 빨리! 왜 따라오고 지랄이야."

영재는 일부러 더 쌀쌀맞게 굴었다.

"형, 잠깐만."

"왜, 자꾸."

민재는 잠시 숨을 고른 뒤 망설이며 조심스럽게 말을 꺼냈다.

"형, 엄마한테 같이 가자. 응? 형, 또 언제 올지 모르잖아. 엄마가 많이 보고 싶어 했어. 같이 가자, 형."

영재는 갈등했다. 하지만 이런 기분으로 엄마까지 만나면 정말 어떻게 될지 알 수 없는 노릇이었다. 그래서 동생의 제안을 거절하기로 했다.

"가봐야 돼. 다음에. 다음에 가자. 들어가 얼른."

영재는 다소 누그러진 목소리로 동생에게 말했다.

"가자. 어차피 낼 일요일이잖아. 거기다 엄마 아프다고 말하면 되잖아. 형, 진짜 부탁할게. 나도 엄마 내려가고 한 번도 안 가봤어. 사실 못 가봤어. 아빠가 가지 말래서. 근데 그렇게 안 멀어. 형, 부탁할게."

민재는 영재의 팔을 잡고 간곡하게 부탁했다.

"하아, 미치겠네."

영재는 물끄러미 민재를 바라보았다. 민재의 얼굴이 안쓰럽게 반짝이고 있었다.

***

두 사람은 시외버스에 나란히 앉았다. 내색하지 않았지만 다쳤다는 이야기를 듣고 난 뒤로 영재도 엄마가 보고 싶었다. 그래서 못 이기는 척하며 민재와 함께 터미널에 가서 버스를 탔다.

이모는 강원도의 작은 해변마을에서 민박집을 꾸려가고 있었다. 영재도 이야기만 들었지 가는 것은 이번이 처음이었다.

"근데 아빠한테 말 안 하고 와도 돼?"

영재가 물었다.

민재는 천진하게 웃는 얼굴로 대꾸했다.

"돌아가서 좀 맞지, 뭐."

영재는 뭐라고 대꾸하려다가 생각을 고치고 조용히 고개를 흔들었다.

버스를 타고 몇 시간을 달려간 두 사람은 늦은 오후에 도착했다. 이모가 운영하는 민박집은 터미널에서 조금 떨어진 곳에 있다고 했다. 두 형제는 터벅터벅 길을 걷기 시작했다.

얼마나 걸었을까. 작은 해변이 나왔다. 같은 또래로 보이는 아이들이 바닷가에서 놀고 있는 모습을 본 민재가 짐짓 어른스런 목소리로 중얼거렸다.

"좋을 때다."

영재는 황당하다는 듯 동생을 쳐다봤다. 민재는 혀를 살짝 내밀며 어깨를 으쓱거렸다. 기분이 좋아보였다. 오랜만에 먼 곳까지, 그것도 형과 함께 와서 무척 설레는 모양이었다.

하지만 영재는 동생과 다르게 마음이 무거웠다. 막상 여기까지 찾아오긴 했지만 엄마랑 만나서 무슨 이야기를 나눠야 할지 막막하기만 했다.

"아, 저기인가 보다."

영재는 민재가 가리키는 쪽으로 고개를 돌렸다. 저 멀리, 민박집을 알리는 간판이 눈에 들어왔다.

"그러네, 다 왔네."

"누가 먼저 가나 내기할까?"

민재는 형의 동의도 구하지 않고 먼저 냅다 뛰었다. 영재는 못 말리겠다는 듯 한숨을 쉬며 고개를 흔들었다.

"언제 너랑 내기 하재."

말은 그렇게 했지만 영재도 동생에게 질세라 힘껏 달리기 시작했다.

***

"아이고, 불쌍한 내 새끼들……."

"언니, 애들 밥 먹는데 정신 사납게 울고 난리야."

수년 만에 조카들을 만난 이모는 너무 반갑고, 또 안쓰러웠는지 주책없이 펑펑 눈물을 쏟으며 울음을 터뜨렸다. 엄마가 그만 좀 하라며 말려보았지만 울음이 쉽게 그치질 않았다.

두 형제는 이모가 차려준 저녁을 먹었다. 정말 오랜만에 제대로 된 밥상과 마주한 민재는 정신없이 수저를 놀렸지만 영재는 입맛을 잃었는지 밥술을 뜨는 시늉만 했다.

"그만 좀 해. 영재가 밥을 못 먹고 있잖아."

"불쌍해서 그렇지. 불쌍한 내 새끼. 영재야, 너 거기서 밥은 잘 먹여 줘? 아니, 박 서방, 그거 나보고는 애 공부 시키려고 좋은데 유학 보냈다고 하더니만. 그 말을 철썩 같이 믿었는데. 세상에나 어떻게 지 새끼를 남의 손에 맡겨. 천벌 받을 놈의 새끼!"

"언니, 진짜!"

보다 못한 영재 엄마가 역성을 냈다.

"영재야, 남의 집 자식이라고 막 굶기고 그러진 않니?"

"네, 걱정 마세요. 집보다 더 잘 먹고 살아요."

영재가 말했다.

"엄마가 허리가 안 좋아서……."

여태 큰아들의 눈치를 살피던 엄마가 겨우겨우 말을 이었다.

"우리 큰아들, 이렇게 오랜만에 만났는데, 옷이라도 한 벌 사서 입혀야 하는데 미안해서 어쩌누."

"괜찮아."

영재는 그런 엄마가 안쓰러우면서도 괜히 짜증이 밀려왔다.

"영재야, 엄마가 많이 미안하다."

"그 소리 듣기 싫어. 하지 마."

그때 민재가 눈치 없이 불쑥 끼어들었다.

"그래도 이모가 엄마보단 아직 낫다."

"많이 먹어, 내 새끼."

이모가 민재의 엉덩이를 톡톡 두드렸다.

영재는 모래알을 씹는 기분이었다. 음식이 목구멍에 걸려서 넘어가지 않았다. 역시, 괜히 찾아왔다는 생각이 들었다. 하지만 이모도 있고, 민재가 보고 있어서 애써 내색하지는 않았다.

때로 참는다는 건 형벌만큼이나 무겁고 힘겨웠다. 특히, 지금 영재에게 그랬다.

***

계절도 그렇고, 도시랑 다르게 지방이라 그런지 해가 짧은 편이었다. 덕분에 네 사람은 한 방에 나란히 누워 일찍 잠을 청했다. 하지만 습관이라는 게 무서워서 영재는 좀처럼 잠이 오지 않아 그냥 눈만 감고 있었다. 결국 몇 번이고 뒤척이다가 갈증을 느끼고 자리에서 일어났다. 이모와 민재는 서로 부둥켜안고 정신없이 자고 있었다.

영재는 혹시라도 누군가 잠에서 깰까봐 발소리를 죽이며 부엌으로 갔다. 냉장고를 열고 물을 꺼내 마시려는데 뒤에서 작게 인기척이 들렸다.

"왜, 잠이 안 와?"

엄마였다.

"물 마시고 다시 잘 거야."

영재는 조용히 뒤를 돌아봤다. 허리가 불편한 엄마가 문간에 기대고 앉아서 영재를 바라보고 있었다. 그런 엄마를 보고 있자니 마음이 무거워졌다.

"엄마, 거기서 그러지 말고 들어가서 자."

"올 거면 미리 연락이라도 하고 오지 그랬니. 그럼 엄마가 서울로 올라갔을 텐데. 이 먼 데까지 둘이서……."

영재가 엄마의 말을 끊었다.

"엄마, 아프면 병원에 가야지 여기 이러고 있음 어떡해. 그게 누워 있다고 낫는 병이야? 사람이 왜 그렇게 미련해."

"서울 병원에 하루 누워 있는 게 얼만데. 그것보다 너희 아빠 돈 타령 하는 거 듣고 있음 허리가 아니라 암에 걸릴 거 같아. 나는 여기가 편해."

엄마는 모르는 소리하지 말라는 듯 고개를 가로저었다. 영재는 착잡한 마음에 말문을 잃어버렸다. 그렇게 어색한 침

114

묵이 둘 사이에 흘렀다.

"세모의 집이랬니? 거기선 살만해?"

"어, 훨씬. 정말."

영재는 엄마를 안심시키려고 일부러 힘주어 말했다.

"그래서 말인데. 영재야, 니 동생도 같이 데리고 가면 안되나? 내가 여기 언제까지 있을지도 모르고. 민재도 마음에 많이 걸리고……."

"안 돼!"

엄마의 말이 채 끝나기도 전에 영재는 단호히 말했다.

"내가 갈 때 분명히 얘기했지. 안 된다고. 엄마도 참 못났다. 왜 어른이 돼서 책임을 안 지려고 해, 다들?"

"그게 아니라……."

엄마는 오해라며 해명하려고 애썼다. 영재가 고개를 흔들었다.

"좋아, 만약에 데리고 간다 쳐. 우리 둘 다 들어가면 금방 좋다고 엄마랑 아빠랑 갈라질 거 아냐. 그럼 우린 어디로가? 나는 누가 책임져? 민재는 내가 책임져? 왜? 내가 전생에 무슨 죄를 지었는데?"

감정에 복받친 민재는 매몰차게 몰아붙였다.

"아니야, 민재야. 엄만 그게 아니라……."

"엄마도 별 다를 게 없구나."

영재는 더는 말을 섞기 싫다는 듯 고개를 돌렸다.

"잘게. 엄마도 어서 자."

하지만 끝내 영재는 잠을 이루지 못했고 새벽까지 뜬눈으로 지새웠다.

조금 있으니 이모가 조카들에게 맛있는 아침상을 차려주겠다고 엄마를 데리고 새벽시장에 나가는 소리가 들렸다. 영재는 이때다 싶어 조용히 일어섰다. 옆에선 민재가 코를 골며 세상모르고 자고 있었다. 영재는 민재가 깨지 않도록 까치발로 일어나 가방을 챙겨서 방을 빠져나왔다. 그러고는 곧바로 터미널로 향했다.

간절한 바람

주말 오후.

미사에 참석하기 위해 성당을 찾은 원장 내외는 한쪽 구석에서 기도를 올리고 있는 영재를 발견하고 깜짝 놀랐다. 부부는 조용히 영재에게 다가가 옆에 앉았다.

"집에는 갔다 왔어?"

원장이 물었다.

"네."

영재는 조용히 고개를 끄덕였다.

"그런데 왜 벌써 왔어?"

이번에는 원장 부인이 물었다.

"힘들어서요."

조용히 중얼거린 영재는 다시 눈을 감고 간절하게 기도를 올렸다. 두 내외는 그런 영재를 바라보며 묘한 표정을 지었다.

미사를 마치고 영재는 원장 부부와 함께 성당의 미니버스를 타고 귀가했다. 미니버스가 세모의 집 앞에서 멈췄다.

"집에선 뭐래?"

원장이 물었다.

"별 말씀 안 하세요."

영재는 힘없이 대꾸했다.

"아버지는 어떠셔?"

원장 부인이 물었다.

"저 여기 올 때보다 집이 더 엉망이 됐더라고요. 아버지는 여전히 몸이 아파서 계속 누워 계시고. 엄마는 집을 나가서 계속 안 계시고⋯⋯."

영재는 태연히 거짓말을 늘어놓았다.

"더 안 좋아졌다고?"

원장이 미심쩍다는 듯 되물었다. 영재는 고개를 끄덕였다.

"우리가 너 특히 예뻐하는 거 알지? 그리고 니가 예쁜 짓도 잘하고. 그런데 우리도 참 곤란하다."

원장 부인이 난처하다는 듯 한숨을 쉬었다.

"엄마! 그리고 아빠, 제가 꼭 신부님 될게요."

영재는 원장 부인의 손을 꼭 잡고 간곡하게 말했다.

"신부님 돼서 꼭 엄마 아빠 키워주신 은혜 갚을게요. 저 꼭 대학도 가고 싶고, 사람처럼 살고 싶어요. 근데 이대로 집에 돌아가면 저 어떻게 될지 몰라요."

"하하, 너 지금 우리 협박하냐?"

원장이 어이없다는 듯 조소했다.

"그게 아니고……."

영재는 급한 나머지 실언했음을 깨닫고 황급히 말을 바꾸려고 했다. 하지만 원장이 그럴 틈을 주지 않았다.

"우선 알겠고. 성당엔 우리가 잘 말해 볼 테니까 성당 나가서 더 깍듯이 잘 해. 알겠니? 만약 성당이나 동사무소에서 반대가 심하면 우리도 너 데리고 있기 힘들어. 다 그 사람들 돈으로 꾸리는 건데. 너도 알지?"

"네, 잘 할게요."

영재가 꾸뻑 고개를 숙였다.

"여보, 내려."

원장이 아내를 부르며 차에서 내렸다.

원장 부인은 영재에게 뭔가 말을 해주려다가 남편을 의식했는지 조용히 한숨을 내쉬며 차에서 내렸다. 홀로 남겨진 영재는 고개를 푹 숙였다.

"너는 안 내릴 거니?"

미니버스 기사가 백미러를 보며 영재에게 물었다. 영재는 기사에게 인사를 하고 말없이 차에서 내렸다. 이윽고 미니버스가 떠나고, 영재는 대문 앞에 잠시 서성이다가 힘없이 발을 끌며 안으로 들어갔다.

***

 세모의 집에 돌아오자마자 다시 불면이 찾아왔다. 코를 골며 자는 범태도 없는데 왜 잠을 못 자는지 알 수는 없지만 얼마나 뒤척이다 잤는지 가늠해 볼 수도 없을 만큼 영재는 잠이 모자랐다.

 까칠해진 얼굴로 식탁에 앉아 아침을 먹는 둥 마는 둥하며 서둘러 가방을 메고 집을 나선 영재는 습관처럼 창고를 향했다가 생각을 고치고 다시 돌아섰다. 앞으로 이 집에서 지내려면 도벽부터 고쳐야 무사할 수 있으리라는 다짐을 하면서 말이다. 영재는 그렇게 생각하며 창고를 지나 대문으로 향했다.

 그때였다. 어슴푸레한 어둠 속에서 누군가가 걸어 나왔다. 범태였다.

 갑작스러운 범태의 등장에 당황한 영재는 자기도 모르게 움찔거렸다. 얼굴이 조금 일그러지고 어쩌면 뒷걸음질도 조금 친 것 같았다. 범태는 그런 영재가 재미있다는 듯 키득거렸다.

"뭘 그렇게 놀래. 서운하게."

"갑자기 나타나니까 놀라지."

얼른 정신을 차린 영재가 범태의 눈치를 살피며 둘러댔다.

"근데 학교도 안 가고 왜 거기서 나와?"

범태는 의미심장한 얼굴로 쳐다보며 물었다.

"아빠가 어젯밤부터 길고양이가 자꾸 운다고 해서 확인하고 왔어. 근데, 어쩐 일로?"

"어쩐 일이라니. 그래도 미우나 고우나 몇 년을 한 방에서 같이 살았는데 친구가 죽었는지 살았는지 궁금하지도 않냐."

"우리가 친구였나."

영재는 들리지 않을 만큼 나직한 목소리로 중얼거렸다.

"그래, 궁금하지. 잘 지냈어? 근데 음성 메시지랑, 문자까지 남겼었는데 답도 없더라."

"그게 좀 바쁘게 지내다 보니까. 그보다 얘기 좀 할 수 있어? 잠깐이면 돼."

범태가 정색한 얼굴로 말했다. 뭔가 어려운 부탁이라도 하려는 것 같았다.

"학교 가야 하는데……."

왠지 모르게 불길해진 영재는 시선을 피하며 말을 돌렸다.

"잠깐이면 돼."

범태가 영재를 팔목을 잡더니 막무가내로 끌고 갔다.

"어디 가는데? 대체 뭐 때문에 그래. 이거 놓고 말해."

"여기서는 좀 곤란해. 따라 와."

범태는 집에서 조금 떨어진 외진 골목으로 영재를 데려갔다. 주변을 한차례 살피더니 주머니에서 구겨진 담뱃갑을 꺼냈다.

"필래?"

영재는 고개를 절레절레 흔들었다.

범태는 피식 웃더니 담배 한 개비를 꺼내 입에 물었다. 그러고는 능숙하게 불을 댕기고 깊게 연기를 들이마셨다가 훅 하고 내뿜었다.

"별 일 없지?"

"응."

영재가 고개를 끄덕였다.

"나, 부탁이 하나 있는데……."

"부탁?"

"어. 원장이, 너 되게 좋아하잖아. 니가 뭐 해달라면 웬만하면 해주고 그러잖아. 그래서 하는 말인데. 니가 원장한테 내 얘기 좀 잘 해주면 안 될까. 나가 살 데 구할 때까지만, 한 몇 달만 살게 해주라고. 어차피 내가 가봤자 듣지도 않을 거고. 니가 얘기 좀 잘해 놓으면 그래도 찾아가기가 덜 그럴 것 같아……."

범태가 담배꽁초를 발로 비벼 끄고는 애원하는 투로 말했다.

"영재야 부탁 좀 하자."

"어, 나도 웬만하면 도와주고 싶은데."

"왜, 안 돼?"

"어, 미안."

영재는 고개를 끄덕거렸다. 며칠 전만 하더라도 범태가 다시 돌아오면 원장의 생각이 바뀔 거라고 생각했다. 하지만 지금은 상황이 바뀌었다. 원장은 지금 범태만이 아니라 영재조차도 버겁게 여겼다. 그런데 범태가 다시 돌아오겠다고 하면 점점 상황이 악화될 뿐이다.

"씨이……."

범태는 실망했는지 얼굴을 잔뜩 구겼다.

"근데, 범태야. 너 지금 알면서 일부러 모르는 척 하는 거야? 아님 진짜 몰라서 나한테 이러는 거야?"

영재가 쓰게 웃으며 물었다.

"무슨 소리야?"

범태가 고개를 갸우뚱하며 되물었다. 영재는 그저 고개만 흔들었다.

"어?"

범태가 입술을 실룩였다. 몹시 불쾌해졌을 때 나오는 습관이었다. 영재는 짧게 한숨을 내쉬고 나서 범태를 사납게 노려봤다.

"너도 진짜 뻔뻔하다. 새끼야, 지금 니가 사고치는 바람에 나도 쫓겨날 판이야. 겨우 겨우 입 닥치고 납작 엎드려서 사는데. 이게 누구 때문인데! 뭐, 다시 들어오게 도와 달라고? 너가 나 책임질 거야?"

"개새끼."

범태가 이를 갈며 나직이 내뱉었다. 영재는 어이없다는 콧방귀를 뀌었다.

"지금 누가 누구보고 개새끼래."

그러더니 눈을 부라리며 범태의 먹살을 거칠게 움켜쥐었다.

"새끼야, 니 인생 니가 알아서 살아. 같은 처지끼리 누가 누구한테 도와 달라는 거야, 이 병신이……."

전에 없던 영재의 거친 모습에 병태는 말문을 잃고 그저 멍하니 서 있었다. 영재는 먹살을 놔주고 손을 탁탁 털었다.

"간다. 앞으로 이런 일 가지고 찾아오지 마."

영재는 가방을 다시 메고 골목에서 나왔다. 그런 영재를, 범태는 한동안 어이없는 얼굴로 바라봤다. 만만하게 봤던 상대에게 한 대 얻어맞은 것이다.

"새끼가 정말……."

***

"신부님."

미사를 마치고 성당 입구까지 신도들을 배웅하던 보좌신부는 고개를 돌렸다. 영재였다. 신부는 영재를 보며 환하게 웃었다.

"어, 영재 아니 요한이구나?"

"네, 안녕하셨어요."

영재는 신부에게 다가가 넙죽 고개를 숙였다.

"집에 갔다 왔다며?"

"네."

"부모님은 별고 없으시고?"

"네, 신부님. 저어, 신부님. 혹시 아까 저희 엄마, 아니 원장님께서 뭐라고 하셨어요? 신부님한테?"

고등부 성가대 소속이기도 한 영재는 일찍부터 나와 크리스마스 미사에서 부를 성가를 연습하고 있었다. 그러다가 우연히 원장 내외가 보좌신부와 대화를 나누는 걸 목격한 뒤로 내내 불안에 시달렸다. 대화를 나누는 세 사람의 표정이 사뭇 진지하고 심각했다. 혹시나 자신에 관해서 이야기를 나눈 것은 아닌지 무척 신경이 쓰였다. 그래서 잠시 쉬는 짬을 타서 이렇게 한달음에 달려온 것이다.

"응? 나한테?"

신부는 무슨 이야기인지 잘 모르겠다는 듯 고개를 갸우뚱거렸다.

"네, 아까 미사 때 말씀 나누시는 거 같던데……."

"아, 그건 성당에서 후원금 나가는 거 갖고 잠시 대화를 나눈 거야."

"그래요."

영재는 다행이라고 여기며 가슴을 쓸어내렸다.

"왜? 너 뭐 원장님께 잘못 한 거 있어?"

신부는 영재의 표정을 살피며 넌지시 물었다.

"아, 그런 건 아니고요. 정말이에요, 신부님."

"근데 요한, 아니 영재야."

"네."

"너, 정말 신부님 될 생각이 있어? 신부님한테만 솔직히 얘기해 봐."

갑자기 왜 물어보는 걸까. 영재는 혼란스러웠다. 여기서 실수하면 안 된다. 의기의식을 느낀 영재는 마음을 다잡고 조용히 말을 꺼냈다.

"네, 진짜에요. 거짓말 하는 거 아니에요."

"아니, 의심해서 물어보는 게 아니라 너는 싫은데 원장님들이 떠밀어서 괜히 너가 고생하나 싶어서 그래. 하여튼 너한테 그런 확신이 없는 거라면 집에 다시 돌아가는 것도 방법이라면 방법이니까."

신부의 입에서까지 '집'에 대한 이야기가 나오자 영재는 돌아버릴 지경이었다. 왜, 다들 나를 보내지 못해서 안달이 났을까. 영재는 목구멍에서 뜨거운 무엇인가 울컥하고 치밀어 오르는 걸 느꼈다.

"안 돼요! 신부님. 절대 집에 가면 안돼요. 저는, 안 돼요. 안 돼요. 집에 가 봤자 저 책임져 줄 수 있는 사람 아무도 없구요. 집구석 있기 싫어 떠돌다가 나쁜 친구들 만나서 술 담배나 배우다 소년원 들락날락거릴 거고 그러다 길바닥에서 신문지나 주우면서 평생 살겠죠. 신부님. 제가 그렇게 되길 바라세요?"

"아니야. 영재야, 나는 그게 아니라⋯⋯."

신부는 영재의 갑작스런 모습에 당황했다.

"도와주세요. 신부님."

영재는 두 손으로 신부의 손을 꼭 맞잡고 간절하게 말했다.

"저 꼭 신부님 돼야 돼요. 정말 신부님처럼 진짜, 진짜 훌륭한 신부님 될게요. 저 좀 도와주세요. 부탁이에요."

"어."

신부는 얼떨떨한 표정으로 고개를 끄덕였다.

"그럼 신부님만 믿고 저 먼저 들어가 볼게요. 아직 연습이 남아서요."

영재는 신부에게 인사를 하고 다시 성가대 연습을 하러
떠났다.

저 아이가 겪고 있는 시련을 내가 미처 모르고 있었구나.
신부는 멀어지는 영재의 뒷모습을 바라보며 착잡한 표정을
지었다.

***

성가대 연습을 마친 영재는 집으로 돌아가려는데 보좌신
부가 자신을 찾는다는 말을 듣고 덜컥 겁이 났다. 아까 했
던 이야기 때문에 도와주기는커녕 오히려 불이익을 당하는
것은 아닌지 염려스러웠다. 물론 그동안 봐왔던 보좌신부의
인품을 생각한다면 그럴 일은 없겠지만 그래도 불안한 게
사실이었다. 떨리는 가슴을 안고 영재는 보좌신부가 기다리
고 있는 기도실로 무거운 발걸음을 옮겼다.

"어, 저기 오네. 요한아."

보좌신부는 기도실로 들어서는 영재에게 웃는 얼굴로 손
을 흔들었다. 혼자가 아니었다. 누군가 같이 있었다. 스물서
너 살로 보이는 젊은 여자였는데 처음 보는 얼굴이었다. 영
재는 여전히 불안한 마음을 안고 쭈뼛거리며 신부에게 다가

갔다.

"찾으셨어요, 신부님."

"어, 그래. 윤미야, 인사해. 여기 아까 내가 말한 영재 아니 요한이라는 친구. 나도 자꾸 헷갈린다, 요한아."

신부는 껄껄 웃으면서 말했다.

"너가 요한이구나. 이름이 요한?"

윤미라는 여자가 영재를 빤히 쳐다보며 물었다. 가까이에서 보니 얼굴이 유난히 하얗고 눈에 생기가 돌았다.

"아뇨, 박영재인데 사람들이 요한이라고 불러요."

영재가 말했다.

"은혜가 충만한가 보다. 반가워. 나는 이윤미라고 해."

"여기 이 누나는 내가 옛날 신학생 때 가르쳤던 누난데 성당 나온 지 얼마 안 됐어. 애들 가르치는 봉사 같은 거 하고 싶다고 그래서 너희 원장님한테 말씀드렸더니 마침 니 얘기 하더라. 요한이 니 성적으로 신학교 힘들다고. 성당만 잘 나온다고 신부 되는 게 아냐. 공부도 잘 해야 돼. 알지?"

아. 이래서 나를 찾은 건가. 영재는 비로소 마음을 놓았다. 다행이었다. 나쁜 일로 찾은 것이 아니어서.

"아, 네……"

"일단 시간 되는 대로 일주일에 두 번씩만 하자."

윤미가 말했다.

"누나 예쁘다고 딴 맘 품으면 안 돼? 알지, 요한?"

신부가 짓궂게 말하자 영재는 얼굴을 붉혔다. 그런 영재가 귀여운지 윤미는 생글생글 웃는 얼굴로 영재를 쳐다봤다.

"네? 네에……."

쇠뿔도 단김에 빼랬다고 신부는 윤미와 함께 영재를 데리고 세모의 집을 찾았다. 그리고 원장 내외에게 윤미를 소개했다. 원장은 영재에게 큰 기대를 걸지 않아 시큰둥한 반응을 보였지만 원장 부인은 신부에게 감사해 하며 윤미를 살갑게 대했다.

"일반 가정집이랑 똑같네요?"

집 안을 둘러보던 윤미가 신기하다는 듯 말했다.

"요즘 세상 많이 좋아졌죠? 선생님, 밖에 떡하니 시설이요, 하고 붙여 놓으면 애들이 드나들기도 겁내하고. 또 안 좋은 소문도 금방 나고 그래요. 솔직히 시설로 전환하면 보조금도 많이 나오고 더 괜찮은데 이게 다 애들 위해서 이래놓고 살아요."

원장 부인이 말했다.

"아, 고생 많으시네요."

윤미가 고개를 끄덕이며 중얼거렸다.

"얘기 들어보니 저희 본당에서도 신학생이 나온 지가 꽤 오래 되었다고 하시더라고요. 저희 주임신부님도 그렇고 본당 분들도 그렇고 영재한테 기대가 크세요. 성당도 워낙 열심히 나오고. 또 이렇게 원장님들이 잘 보살펴 주고 계셔서 걱정은 없는데. 갈수록 신학교 커트라인이……."

보좌신부가 걱정이 잔뜩 묻은 목소리로 말했다.

"저희도 그게 걱정이에요. 실업계 다니는 애들도 신학교 들어갈 수 있나요, 신부님? 그렇다고 실업계에서도 좋은 성적은 또 아니라서……."

잠자코 있던 원장이 다소 부정적인 어투로 말했다. 영재에 대한 반감을 들키지 않으려는 듯 단어 하나하나에 신중함이 묻어났다.

"네, 제가 영재 성적을 잘 모르지만. 하여튼 지금부터라도 준비를 좀 악착같이 했으면 해서 이 녀석한테 부탁했어요. 제가 신학생 때 봉사 활동을 좀 다녔는데 그때 가르쳤던 애예요. 아마 이 친구도 힘들게 공부 했던 애라 누구보다 영재 마음 잘 알거에요. 얘가 생긴 건 이래도 서울대 다니는 애거든요."

보좌신부가 그렇게 말하며 윤미의 어깨를 가볍게 쳤다.

"어머, 아저씨 아니 신부님. 제가 생긴 게 어때서 그래요? 학교에서 남자들이 줄을 서요. 아주 제 얼굴 한번 볼 거라고."

윤미가 장난스럽게 눈을 흘겼다.

"이제 알겠지? 거짓말이 세상에서 제일 큰 죄악이란다."

보좌신부가 익살스럽게 웃으며 농담을 건넸다. 영재는 원장 내외의 눈치를 살피며 어색하게 웃었다. 윤미도 미소를 지어보였다. 거실을 감도는 어색한 기운이 영재를 짓누르는 걸 윤미는 알았다.

"그럼 우리 교재부터 사러 갈까? 하루라도 빨리 시작하는 게 좋으니까."

"교재요?"

영재가 흘끗 원장 내외를 쳐다봤다. 원장이 마지못해 고개를 끄덕이더니 지갑을 꺼냈다. 영재에게 돈을 건네며 짐짓 위엄 있는 목소리로 말했다.

"그래, 다녀와라. 선생님, 잘 부탁드립니다."

"네, 원장님."

윤미가 생긋 웃으며 대답했다.

"가자, 영재야."

영재는 엉거주춤 윤미를 따라나섰다. 그런 두 사람을 보좌신부와 원장 부인은 흐뭇하게 바라봤다. 원장은 여전히 석연치 않다는 표정을 지었지만 이젠 어쩔 수 없이 영재를 지켜볼 수밖에 없었다.

***

윤미는 영재와 함께 시내의 대형서점을 찾았다. 두 사람은 참고서 코너를 돌아다니며 신중하게 교재로 쓸 책을 찾았다.

　"이거 괜찮을 거 같은데?"

　윤미가 서가에서 꽂혀 있는 영어 교재를 꺼내 영재에게 보여주었다. 그동안 공부하고는 담을 쌓고 지낸 영재는 알파벳만 봐도 속이 울렁거렸다.

　"이건 좀……."

　영재가 난감해하며 얼굴을 찡그렸다.

　"왜? 어려울 것 같애? 이걸로 해봐. 영어는 무엇보다 기초가 탄탄해야 해. 이거 생각보다 어렵지 않고 괜찮아."

　윤미가 적극 추천하는 바람에 영재는 어쩔 수 없이 고개를 끄덕였다. 이제는 빼도 박도 못하고 매주 이틀은 과외를 받아야 했다. 고생길이 훤했지만 싫지는 않았다. 뭔가 매달릴 게 있다는 느낌도 좋았다. 그리고 가르치는 선생님도 마음에 들었다. 물론 그런 말은 오해할 소지가 있으니 입 밖으로 내지 않았다.

　"야, 근데 배고프지 않니?"

　"배요?"

　"응, 밥 때가 지났잖아. 나는 배고픈데, 넌 안 그래?"

　윤미가 정말 배가 고프다는 듯 배를 움켜쥐며 말했다. 영재는 뭐라 대답해야 할지 몰라 우물쭈물댔다.

"저는 그냥……."

"빨리 계산하고 우리 밥 먹으러 가자. 내가 진짜 맛있는 식당을 알거든. 싸고 맛도 좋고. 가보면 너도 좋아할 거야."

윤미는 영재의 대답을 듣기도 전에 영재의 팔을 잡고 카운터로 끌고 갔다.

"가자, 가자! 밥 먹으러."

그렇게 교재를 사가지고 서점을 나온 두 사람은 변두리에 위치한 어느 허름한 식당을 찾았다. 주로 택시기사들을 상대로 하는 기사식당이었다.

"이런 데 처음 와보지?"

"네."

윤미가 머뭇거리는 영재를 이끌고 식당 안으로 들어갔다.

"사실 여기 우리 엄마가 돈 꾸역꾸역 모아서 겨우 차린 식당인데 택시기사들 가끔 오는 거 말고 손님이 없어. 니가 봐도 그래 보이지? 전쟁통도 아니고 이렇게 어두운데 누가 밥먹으러 오고 싶겠어."

그때 주방에서 앞치마를 두른 아줌마가 나오더니 윤미를 보고 혀를 끌끌 찼다.

"저 국수에 말아먹을 년, 말하는 꼬라지 좀 봐. 손님이 왜 없어? 그럼 니 학비는? 그래 땅 팠더니 아주 석유가 콸콸 쏟아지더라."

윤미의 엄마였다.

"엄마, 말 좀 가려서 해."

"허이고, 이젠 엄마를 가르치려고 드네. 근데 이 잘생긴 총각은 누구신가? 딱 봐도 너보다 어려 보이는데? 뭐야. 꼴에 너도 요즘 계집애라고 연하를 끼고 다니는 거야? 응, 그런 거야?"

윤미의 엄마는 장난스런 표정으로 영재를 아래위로 훑어보았다.

"아냐, 그런 거. 엄마, 얘, 고등학생이야."

"그래? 그럼 완전 애기구만."

고등학생이라는 말에 윤미 엄마는 흥미를 잃은 얼굴이 되었다. 하지만 그 모든 게 유쾌한 목소리에 실려 있어 전혀 기분이 나쁘지 않았다.

"인사해, 영재야. 우리 엄마."

윤미는 그때서야 영재에게 엄마를 소개했다.

"안녕하세요."

영재가 고개를 꾸벅 숙였다.

"나, 왜 신부님 소개로 학생 하나 가르친다고 그랬잖아. 걔야. 이름은 영재인데 집에선 요한이라 부른대."

"요한? 근데 성당 다니면 꼭 그렇게 본명 냅두고 닉네임을 써야 하는 거냐?"

"아, 그런 건 아니고 세례명이에요."

영재가 어색하게 웃으면서 말했다.

"엄마, 닉네임이 뭐야. 성당에 좀 나가라. 영혼 없이 저렇게 십자가만 달아 놓지 말고."

윤미가 벽에 걸린 십자가를 가리키며 핀잔을 주자 윤미 엄마는 왜 괄시를 하냐는 듯 버럭 언성을 높였다.

"야, 이년아. 성당 나가면 돈이 나오냐, 밥이 나오냐. 내가 텔레비 보니까 떡도 요만한 거 하나씩 주더라."

아마도 영성체를 말하는 모양이었다. 옆에서 가만히 듣던 영재는 웃음을 참느라 입술을 질끈 깨물었다.

"글쎄, 떡 아니라니까."

"아니긴 뭐가 아냐? 어때, 우리 모녀 웃기지?"

윤미 엄마가 영재를 보고 씩 웃었다. 영재도 미소로 화답했다.

"엄마, 우리 배고파. 밥이나 줘."

배고프다 칭얼대는 딸의 목소리는 안중에도 없다는 듯 윤미 엄마는 윤미를 제쳐두고 영재에게 물었다.

"보자, 우리 애기총각은 뭘 해주면 좋을까? 뭐 잘 먹어?"

"아무거나 잘 먹습니다."

말이 끝나기가 무섭게 윤미 엄마는 주방에서 들어갔다. 그리고는 이내 한상 가득 밥상을 차려오고도 모자랐는지 불판을 가져와서 삼겹살을 구웠다.

"고기 먹어, 고기. 한창 자랄 때는 잘 먹어야 해."

윤미 엄마는 고기를 굽는 족족 영재의 밥그릇에 놓아주었다. 그때마다 영재는 감사하다며 고개를 숙였다.

"애 아냐, 엄마. 알아서 먹게 그냥 좀 놔둬. 이러다가 애 체하겠다."

딸에게 핀잔을 들은 윤미 엄마는 불쌍한 표정을 지으며 영재에게 물었다.

"애기 총각, 내가 불편해?"

영재는 웃으면서 고개를 가로저었다.

"아뇨."

"봤지, 이년아."

윤미 엄마는 딸에게 혀를 내밀었다. 그러고는 알맞게 익은 고기 한 점을 영재의 밥그릇에 올려주었다.

"많이 먹어. 이 아줌마가 다른 건 못해줘도 밥은 얼마든지 줄 수 있어. 나중에 밖에 나와 찬바람 맞게 되면 밥 먹으러 자주 와. 매일 와도 돼. 사람이 밥 한 끼만 제대로 먹어도 생각이 달라지는 거야. 알았지?"

"네, 감사합니다."

"아따 싹싹하기도 하네. 우리 집은 여자들밖에 없어서 그런가. 나도 이런 양아들 하나 있었음 좋겠다. 그치?"

"엄마, 애 부담스러워 해. 들어가서 설거지나 해."

"이년은 지 애미 못 부려 먹다 죽은 귀신이 붙었나. 니가 좀 해라."

두 모녀는 늘 그랬듯 또다시 투닥거리기 시작했다.

"내가 왜? 손님으로 온 건데?"

"아항, 그러셔?"

윤미 엄마는 갑자기 벌떡 일어서더니 딸에게 넙죽 허리를 숙였다.

"이랏샤이마세. 너 돈만 안 내고 가봐. 이년아 고기 너 안 줘서 이러는 거지? 그렇지?"

그러더니 불쑥 윤미의 밥그릇에도 고기를 놓아준다. 윤미는 졌다는 듯 고개를 흔들었다.

"됐어, 영재나 줘."

영재는 재미있는 두 모녀 덕분에 편안하게, 맛있는 밥을 먹을 수 있었다. 그리고 모처럼 즐겁게 웃을 수 있었다. 그렇게 영재는 마치 친자매처럼 서로 티격태격하는 윤미 모녀를 바라보며 시간가는 줄 모르고 있다가 무심코 시계를 확인하고는 화들짝 놀라며 서둘러 자리에서 일어났다.

윤미 엄마가 한사코 괜찮다는 영재의 손에 택시를 타고 가라며 지폐를 쥐어주었다. 영재는 몇 번이고 감사하다고 인사를 하고는 윤미의 배웅을 받으며 거리로 나왔다. 그러고는 택시를 타고 곧장 집으로 돌아왔다.

택시에서 내린 영재는 대문을 열고 들어가려다가 뒤에서 누군가가 자신을 부르는 소리에 깜짝 놀라 돌아보았다.

"형."

민재였다.

영재는 누구 보는 사람이 없나 주위를 둘러보고는 얼른 민재의 손목을 낚아채 근처 골목으로 끌고 갔다.

"무슨 짓이야. 이게."

민재는 아무 말도 하지 못 하고 고개를 숙였다.

"여기는 어떻게 알고 왔어?"

영재가 주위를 살피며 다급하게 물었다.

"아빠가 가르쳐 줬어."

민재는 형의 눈치를 보며 기어들어가는 목소리로 대답했다.

"아이 진짜……."

영재는 입술을 지그시 깨물었다.

"내가 여기 얼씬도 하지 말랬지? 올 생각도 하지 말고."

민재는 잠시 망설이더니 가방에서 뭔가를 꺼내 영재에게 내밀었다. 영재 초등학교 시절의 앨범이었다.

"아빠가 이거 갖다 주는 척 하고 거기 어떤지 보고 오라고 그래서……. 나는 안 간다고, 안 간다고 그랬는데, 근데, 아빠 고집 형도 알잖아."

민재는 어쩔 수 없었다며 변명했다.

"진짜 죽겠다. 민재야, 여기 나 혼자 버티기도 힘들어. 좋은 거 먹고, 좋은 거 입고, 좋은 데서 자고 그런 게, 다 좋은 건 아냐. 알아? 마음이 편해야지. 그거 말이야. 다 있는 년놈들이 거지 취급하면서 던져준 것들이야. 다."

영재가 짜증스럽게 내뱉었다.

"알아. 다시는 안 올게. 미안해. 형. 괜히 스트레스 받지 마. 머리 빠져. 궁금하긴 했는데 솔직히 와보고 싶진 않았어. 나는 그래도 미우나 고우나 아빠랑 엄마랑 살지만. 형은 안 그러잖아. 알겠어. 다시는 안 올게."

민재는 완전히 풀 죽어서 어깨를 축 늘어뜨렸다.

"하아, 진짜 죽겠다. 밥은?"

그런 민재의 모습에 짠해진 영재가 물었다.

"먹었어."

대답은 그렇게 했지만 민재의 뱃속에서 꼬르륵 하는 소리가 들렸다.

"아, 진짜……."

영재는 어린 동생이 안타까웠다. 하지만 자신도 어쩔 수 없는 현실에 답답해져 울컥 눈물이 쏟아질 것 같았다. 영재는 민재의 손을 잡고 가까운 편의점으로 갔다. 시간이 너무 늦어서 달리 갈 데도 없었다. 먹고 싶은 게 있으면 맘껏 고

142

르라고 했는데도 민재는 삼각김밥과 컵라면만 하나씩 가져왔다. 영재는 한숨을 내쉬고 물건 값을 냈다.

　민재는 몇 끼를 굶은 것처럼 컵라면과 삼각김밥을 허겁지겁 먹어치웠다.

　"집에 밥 없어? 왜 굶고 다니는……."

　영재는 거기까지 말하다가 집에 갔던 일을 떠올리고는 입을 다물었다. 반찬이라고 해봐야 김치랑 콩자반밖에 없던 냉장고. 설거지가 가득 쌓인 싱크대. 게다가 자기 밖에 모르는 아버지를 생각하면 제대로 밥을 챙겨먹는 것도 쉽지 않으리라. 영재는 국물 한 방울 남기지 않고 싹 비우는 민재를 착잡하게 바라봤다.

　"더 안 먹어도 돼?"

　"응, 배불러."

　민재는 정말 그렇다는 듯 배를 두드렸다.

　"가자, 그럼. 버스 정류장까지 바래다줄게."

　두 형제는 버스 정류장 벤치에 앉아서 한동안 서로 말을 하지 않았다. 그러다가 버스가 정류장으로 다가오자 민재는 조용히 자리에서 일어났다.

　"잠깐만."

　영재는 지갑을 꺼내 택시비를 하고 남은 돈을 민재에게 건넸다.

"받아, 아빠한테 얘기하지 말고."

"어."

민재는 돈을 꼬깃꼬깃 접어 주머니에 넣었다.

"갈게, 형. 아, 맞다. 이건 가져가."

그렇게 말하며 민재는 가방에서 앨범을 영재에게 내밀었다. 영재는 마지못해서 그것을 받아들었다.

"간다."

민재는 밝게 웃으며 버스에 올라탔다. 영재는 어서 가라며 손을 흔들어주었다.

"형, 감기 조심해!"

민재가 차창 밖으로 고개를 내밀더니 손을 흔들며 외쳤다. 영재는 그런 동생을 바라보며 짧게 한숨을 내쉬었다. 이윽고 버스가 영재의 시야에서 사라졌다.

영재는 시간을 확인하고 서둘러 귀가했다. 원장이 가장 싫어하는 것 중 하나가 이유 없이 늦게 귀가하는 것이었다.

헐레벌떡 집으로 뛰어가니, 원장이 굳은 얼굴로 거실에서 기다리고 있었다.

"늦었네."

"네, 서점 여기저기 돌아다니느라."

영재는 옹색한 변명을 늘어놓았다.

"늦으면 전화를 하던가."

원장이 차갑게 내뱉었다. 영재는 원장의 심기를 건드리지
않으려고 넙죽 허리를 숙이고 사과했다.

"죄송합니다."

"책은? 보자."

원장이 책을 보여 달라고 했다. 교재를 보겠다는 것보다
는 돈을 허투루 쓴 게 아닌지 확인하겠다는 것이다.

영재는 가방을 열어 윤미가 골라준 교재를 내밀었다. 원
장은 건성으로 교재를 훑어보고는 다시 영재에게 돌려주더
니 여전히 마뜩치 않다는 얼굴로 이렇게 말했다.

"신부님도 그렇고, 원장 엄마도 그렇고 니가 싹싹하게 잘
하고 귀엽게 구니까 예쁘게 보는지 모르겠는데. 솔직히 나
는 아냐. 난 애들이랑 너랑 똑같이 볼 거야. 오히려 너 같은
새끼들이 뒤에서 더 무서워."

이번이 두 번째였다. 원장이 속내를 노골적으로 드러내는
것이. 영재는 지난번보다 더 심한 압박을 느꼈지만 내색하지
않았다. 범태에게 말했듯이 지금은 그저 납작 엎드리는 게
유일한 생존법이었다.

"네."

영재는 고개를 숙였다.

"잘해라. 알아서 잘하겠지만. 아, 그리고 너 범태랑 연락 되
지?"

"아뇨."

원장이 미심쩍다는 투로 되물었다.

"진짜? 너한테 따로 연락 안 해?"

"네, 나간 이후로 연락 온 적 없어요."

영재는 거짓말을 했다. 아침에 범태랑 마주친 일도 비밀로 붙였다. 일부러 긁어 부스럼을 만들 필요는 없었다.

"애들 말 들어보니까 요즘 동네에 범태 나타난다더라. 괜히 애들 구슬려서 데리고 나갈 수도 있으니까 니가 잘 챙겨. 어? 오면 받아주지 말고."

"네."

"범태, 또 한 번 문제 생기면 구청에서 너까지 걸고넘어질 거야. 알아서 해."

원장의 마지막 말이 쐐기처럼 영재의 가슴에 콱 박혔다.

***

여느 때와 다름없이 원장은 아침상을 차려주고는 영재에게 무언의 신호를 보냈다. 그리고 나서 일부러 자리를 피해 주었다.

"잘 먹었습니다. 밥 먹기 전에 밥 먹고 나서 인사 잘하자. 크게."

식사를 마친 영재가 아이들에게 낮은 목소리로 주의를 주었다. 아이들은 서로 눈치를 보다가 풀 죽은 목소리로 잘 먹었습니다, 라고 입을 모았다.

"그리고 혹시 너희들 중에 밖에서 범태 본 사람 있니?"

아이들은 이번에도 서로 눈치를 살피며 우물쭈물 머뭇거렸다.

"빨리 말해. 범태 본 사람."

영재가 사납게 다그쳤다. 그러자 서너 명이 조심스럽게 손을 들었다.

"뭐래?"

아이들은 여전히 잔뜩 주눅이 들어 제대로 대답을 하지 못했다. 영재는 짧게 한숨을 내쉬었다.

"내 말, 잘 들어. 범태, 밖에서 봐도 아는 척 하지 마. 알았어? 어떻게 해코지 할지 모르니까. 다들 조심해. 범태, 이 집에 다시 들어왔다가 어떤 짓 할지 몰라. 원장 아빠랑 엄마도 무척 싫어하셔. 너희도 원장 엄마, 아빠 눈에서 벗어나면 어떻게 되는지 잘 알거야. 그러니까 내 말 명심해."

아이들은 멍하니 영재를 바라봤다.

"알았지?"

영재는 다시 단단히 다짐을 받았다

"네."

아이들은 힘없이 대답하며 고개를 끄덕였다.

영재는 아이들을 방으로 돌려보내고 서둘러 교복으로 갈아입은 뒤에 가방을 챙겨서 밖으로 나왔다. 그러고는 너무도 당연하다는 듯 창고로 향했다. 원장이 일찍부터 출타한 탓에 오늘은 꺼릴 게 없었다. 지난번 다짐은 사라져버렸는지 그동안 못했던 것까지 욕심을 부려 가방 한가득 물건을 챙겼다. 영재는 두둑해진 가방을 두드리며 유유히 창고에서 나오다가 그만 얼어붙고 말았다. 어떻게 알았는지 범태가 히죽 웃으며 쳐다보고 있었다.

"새끼."

"범태야."

"내가 전에 그랬지? 너란 새끼, 알고 보면 좆나 내숭이고, 좆나 여우 새끼고, 좆나, 좆나 무서운 새끼라고. 그렇게 원장한테 충성어린 개새끼 마냥 쫓아다니더니 뒤에서 이렇게 호박씨 까고 있었네?"

"범태야, 잠깐만. 내 얘기 좀 들어봐. 그게 아니라……."

영재는 당황한 나머지 말까지 더듬으며 주춤주춤 범태에게 다가갔다. 범태는 불결하다는 듯 손사래를 치며 한걸음 물러섰다.

"가만? 그럼 나 쫓겨날 때도, 저거 내가 훔쳤다고 의심 받을 때도, 전부 알고 있었으면서도 그냥 모른 척 한 거네. 와,

씨발. 박영재, 너 진짜 대박이다, 진짜로. 새끼, 친구 아닌 줄은 알았지만 이건……."

"아니, 범태야. 진짜 그게 아니라니까."

영재는 허둥댔다. 이렇게 발목을 잡힐 수는 없었다. 뭔가 이 상황을 모면할 변명이 필요했지만 머릿속에 떠오르는 말이 없었다.

"아우, 너희 원장, 아니지 아버님이 아시면 얼마나 충격 받으실까? 신부 된다고 이쁜 짓만 골라하는 아들 새끼가 이렇게 뒤통수 친 거 알면? 아주 볼만하겠어. 이럴 때가 아니지. 지금 안에 계시나? 아빠!"

범태가 원장을 부르며 안으로 들어가려고 하자, 영재는 황급히 달려들어 범태의 허리를 끌어안았다.

"범태야 진짜 부탁이야. 한번만 모른 척 해줘. 나 진짜 오늘만 하고 더 이상 안 할라고 했어. 오늘은 진짜 내가 돈이 필요해서 그런 거였어. 범태야 진짜 미안해. 니가 시키는 대로 다 할게. 제발 모른 척 해줘."

영재가 필사적으로 매달렸다.

"그래? 반성은 나한테 할 게 아니라 니가 받드는 저 하나님한테 반성해야 할 거 같은데?"

범태는 비열하게 웃으며 말했다.

"그럼, 나 다시 집에 들어가게 해줘. 원장을 어떻게 구워삶든지 그건 니 알아서 하고. 딱 하루 시간 줄게. 내일은 이 집에서 자게끔 만들어 놔. 그럼 무덤까지 모르는 척 넘어갈게. 오케?"

범태의 말에 영재는 무조건 고개를 끄덕였다.

"알았어. 내가 학교 갔다 와서 말 잘해 볼게. 아니, 꼭 너 다시 들어올 수 있게 만들어 놓을게. 범태, 너 한번만 용서해달라고 부탁드릴게. 범태랑 같이 있고 싶다고. 범태, 혼자 고생하는 거 때문에 너무 죄책감 갖는다고. 그리고……."

그렇게 말하고는 영재는 지갑을 꺼내 범태에게 오만 원 두 장을 건넸다.

"저녁때까지 기다리는 동안, 이걸로 PC방에라도 가 있어."

"새끼, 이런 순간에도 입은 살았네. 너는 뭐하든지 밥은 먹고 살겠다, 여우새끼야. 간다. 내일 집에서 보자."

범태는 돈을 낚아채며 피식 웃었다.

"어, 알겠어. 가."

영재는 맥없이 손을 흔들었다.

범태가 돈을 챙겨서 사라지고 나자, 영재는 무릎을 꺾으며 그대로 털썩 주저앉았다. 눈앞이 캄캄했다.

"이제, 어쩌지."

***

영재는 온종일 안개 속을 걷는 기분에서 헤어 나오지 못했다. 그럴 수밖에 없었다. 가장 최악의 상대에게 최고의 약점을 잡히고 말았던 것이다. 설사 원장 부부에게 부탁해서 범태를 다시 돌아오게 해준다고 하더라도 그걸로 끝날 일이 아니었다. 범태는 분명히 두고두고 약점을 쥐고 자신을 괴롭힐 게 분명했다.

학교에 가서도 수업을 모두 마칠 때까지 멀쩡한 정신을 유지할 수 없었다. 넋 나간 사람처럼 노트에 낙서를 하며 그냥 시간만 죽였다. 어떻게든 이 위기를 모면할 방법이 없는지 궁리를 해봤지만 딱히 떠오르지 않았다. 그렇다고 원장 부부에게 사실대로 말하고 용서를 구할 수도 없었다. 그건 자살행위였다. 곱지 않은 시선으로 바라보고 있는 원장은 차치하더라도 그동안 신뢰를 보내주었던 원장 부인마저 등을 돌릴 일이었다.

학교를 마친 영재는 조언을 구하고 싶은 마음에 성당을 찾았다. 보좌신부라면 어쩌면 좋은 답을 줄지도 모른다는 생각이 들었다. 하지만 성당 한쪽에 비치된 의연금 모금함을 보는 순간, 얼마 전에 도둑질하다가 잡힌 범태를 떠올리고 생각을 고쳤다. 그때 주임신부도 그렇고, 보좌신부도 마찬가지로 범태에게 결코 관용을 베풀지 않았다. 범태가 집에서 쫓겨난 것도 결국 물건을 훔치다가 잡혔기 때문이었다. 미수로 그친 범태에게도 그랬는데 그동안 창고에서 훔친 물건을 팔아넘긴 자신에겐 오죽하겠는가.

영재는 발길을 돌렸다.

멍하니 정처 없이 돌아다니다가 어느 틈엔가 윤미 엄마가 운영하는 식당 앞에 다다랐다. 왜 이곳에 왔을까. 어제 느꼈던 따듯한 온기 때문일까. 영재는 스스로에게 물음을 던지며 조용히 식당으로 다가갔다. 어제와 마찬가지로 식당 안에서 두 모녀가 자기들끼리 티격태격하다가도 뭐가 그렇게 재미있는지 깔깔거리고 있었다.

영재는 윤미를 부르려다가 역시 생각을 고쳤다. 이제 겨우 신뢰를 쌓아가기 시작한 상대에게 실망을 안겨줄 수는 없었다. 영재는 확신했다. 아무리 관대한 사람이라도 이런 자신의 편을 들어줄 리가 없다…….

결국 영재는 방황하다가 집근처로 돌아왔다. 이제 남은 방법은 범태가 요구한 대로 어떻게든 원장 부부를 구워삶아서 범태를 다시 돌아오게 만드는 수밖에 없었다. 하지만 원장 부부가 승낙한다는 보장도 없었다.

낭패감에 사로잡혀 힘겹게 걸음을 옮기고 있는데 맞은편에서 귀에 익은 목소리가 들렸다. 영재는 엉겁결에 몸을 숨기고 골목 안을 들여다봤다.

범태가 보였다. 세모의 집 아이 두 명도 함께 있었다. 예전부터 유난히 범태를 따랐던 아이들이었다.

영재는 무슨 일인가 싶어 가만히 숨어서 범태와 아이들을 지켜봤다.

범태는 주변을 두리번거리더니 길가에 세워진 승용차로 다가갔다. 그러더니 다시 한차례 주변을 살피고는 한 아이에 게는 망을 보라고 시키고 한 아이에겐 차문을 따라고 지시했다. 아마도 돈이 궁해진 범태가 아이들과 함께, 차 안에서 내다팔 만한 물건을 훔치려는 모양이었다.

순간 영재의 머릿속에서 번갯불이 튀었다. 영재는 황급히 휴대폰을 꺼내 들었다.

"여보세요? 저기 신고할 게 있는데요. 가출한 것 같은 어 떤 학생 하나가 어린애들 시켜서 지금 집 앞에 세워져 있는 차를 따고 있어. 아, 저희 집 차는 아니고요. 지나다가 우 연히 봤어요. 빨리 와주세요. 빨리요."

영재는 서둘러 전화를 끊었다. 그러고는 고개를 내밀어 그 사이에 범태가 도망치지는 않을지 감시했다. 경찰이 늦게 도 착하면 말짱 도루묵이었다.

아이가 끙끙거리며 몇 번이고 문을 따려고 시도했지만 결 국 실패로 돌아갔다.

초조해진 범태가 아이를 밀어내고 직접 문을 따려고 시도 했다. 쇠 지렛대를 창틀 안으로 우악스럽게 밀어 넣고 마구

헤집고 있는데 경광등을 번쩍이며 순찰차가 도착했다.

망을 보던 아이들은 경찰이 도착하기도 전에 잽싸게 달아났다. 하지만 범태는 쇠 지렛대를 쥐고 씨름을 하느라 미처 도망갈 틈이 없었다. 건장한 경관 둘이 순찰차에서 내리더니 고함을 지르며 달려와 범태를 덮쳤다. 범태는 뒤늦게 달아나려고 했지만 경관을 둘이나 따돌리기엔 역부족이었다.

바닥에 패대기쳐진 범태가 악을 쓰며 소리를 질렀다. 경관 하나가 범태의 등에 올라타고 무릎으로 누르고 있는 사이에 다른 경관이 능숙한 솜씨로 손목에 수갑을 채웠다.

영재는 경관들이 범태를 순찰차에 태운 것을 확인하고 나서야 조용히 그곳을 떠났다.

***

그날 저녁, 가정 미사를 위해 신부와 수녀들이 세모의 집을 방문했다. 영재는 늘 해왔던 것처럼 미사를 도왔다. 원장 내외는 아이들 중 두 명이나 불참했다는 사실을 뒤늦게 알고 몹시 노여워했다.

미사 준비에 한창일 때, 아이들이 잔뜩 겁에 질린 얼굴로 귀가했다. 단단히 벼르고 있던 원장은 아이들을 보자마자 얼굴을 붉히며 소매를 걷어붙였다. 영재가 원장을 뜯어말리며 자기가 대신해서 타이르겠다고 했다. 원장은 신부가 보고 있고, 아내도 그러라고 거드는 바람에 마지못해 영재에게 아이들 문제를 떠넘겼다.

영재는 두 아이에게 눈짓으로 따라오라고 했다. 아이들은 쭈뼛거리며 방으로 따라 들어갔다. 영재는 문을 걸어 잠그고는 두 아이의 무릎을 꿇렸다. 그러고는 목소리를 낮추며 아이들을 야단쳤다.

"내가 범태 만나지 말라 그랬지?"

"안 만났는데……."

한 아이가 거짓말로 둘러댔다.

"내가 다 봤어. 거짓말하지 마. 너희가 범태랑 뭘 하고 있었는지도 알아. 그러니까 솔직히 말해. 괜히 매를 벌지 말고."

영재의 엄포에 두 아이는 겁을 집어먹고 몸을 움츠렸다.

"범태가 뭐래?"

"그게……."

아이가 말끝을 흐렸다.

"뭐랬냐고, 새끼야!"

영재가 버럭 소리를 질렀다.

"아무 말도, 그냥 오늘 집에 올 수 있다고……."

아이는 울먹이는 목소리로 대답했다. 영재는 눈을 부라리며 나직하게 말했다.

"내 말, 잘 들어. 오늘 범태 만난 거 엄마, 아빠한테 얘기하지 마. 알았어? 차 따고 미친 짓 하면서 돌아다니는 거 다 봤으니까. 너희도 알지. 범태, 경찰한테 잡혀간 거. 괜히 범태 따라가기 싫으면 알아서 해."

"응."

영재는 아이들에게 단단히 주의를 주고 방에서 나왔다. 두 아이도 완전히 굳은 얼굴로 영재를 따라 나왔다.

영재는 미사를 준비하고 있는 거실로 갔다.

"신부님, 오늘 독서 제가 다 해도 되나요?"

"그럼, 나야 좋지. 영재랑 미사드릴 때는 항상 기분이 좋아. 자, 그럼 시작할까요?"

"네!"

오늘은 신부와 수녀, 원장들만 작은 방에 모여서 미사를 드리기로 했다. 원장의 결정이었다.

"나는 잠자리에서 밤새도록, 내가 사랑하는 이를 찾아다녔네.

그이를 찾으려 하였건만 찾아내지 못하였다네.

'나 일어나 성읍을 돌아다니리라. 거리와 광장마다 돌아다니며, 내가 사랑하는 이를 찾으리라.'

그이를 찾으려 하였건만 찾아내지 못하였다네.

성읍을 돌아다니는 야경꾼들이 나를 보았네.

'내가 사랑하는 이를 보셨나요?'

그들을 지나치자마자 나는, 내가 사랑하는 이를 찾았네.

주님의 말씀입니다."

미사가 끝나고 저녁식사까지 마칠 때쯤 경찰이 방문했다. 범태의 일로 찾아온 것이다. 신부 일행을 의식한 원장은 대문 밖으로 나가 경찰들과 대화를 나누었다.

영재는 2층 베란다로 가서 심각한 얼굴로 경찰들과 대화를 나누는 원장을 내려다봤다. 대화를 나누는 중간, 중간에 원장이 핏대를 올리며 언성을 높였다. 물론 경찰들에게 소리를 지르는 건 아니었다. 아마도 범태의 일로 화가 나서 그런 것 같았다.

경찰들이 떠났다. 신부가 무슨 일이냐고 묻자, 원장은 별일 아니라고 얼버무렸다. 아무것도 모르는 보좌신부는 다행이라면서 수녀들과 함께 성당으로 돌아갔다.

외부인이 모두 떠난 뒤, 원장 내외는 아이들을 거실에 불러 모아 평소에 행실을 바르게 하라고 주의를 주었다. 원장은 여느 때랑 다르게 일장연설을 늘어놓고는 늦은 시각에 아이들을 풀어주었다.

"영재야, 잠깐."

아이들과 함께 방으로 돌아가는 영재를 원장 부인이 불러 세웠다.

원장 부인은 경찰들이 찾아온 이유를 영재에게 들려주었다. 역시나 범태의 일로 찾아온 것이었다. 이미 짐작하고 있었지만 영재는 내색하지 않았다. 범태는 이번 일로 소년원에 갈 것 같다고 했다. 원장이 화를 낸 이유도 들었다. 경찰들이 범태의 보호자 자격으로 찾아와 달라고 부탁하자, 그런 놈과는 상관없는 사람이라고 했다는 것이다. 그러면서 범태의 친부를 찾아가라고 했다고 한다. 원장은 그런 배은망덕한 놈과 엮이는 게 몹시 불쾌하고 싫었던 것이다. 원장 부인은 너도 알 자격이 있으니 특별히 알려주는 거라고 했다. 영재는 왠지 모르게 뿌듯했다.

방으로 돌아온 영재는 모처럼 편히 잠들 수 있을 것 같았다. 뜻하지 않게 골칫거리를 해결했으니 이보다 더 좋을 수는 없었다. 영재는 침대에 눕자마자 깊은 잠에 빠져들었다.

끝나지 않을 시련

갑자기 눈이 부셨다. 누군가가 방에 불을 켰다. 영재는 잠이 덜 깬 얼굴로 눈을 비비며 일어나다가 방문 앞에 우뚝 서 있는 원장을 발견하고 소스라쳤다.

"아빠."

원장은 곱지 않은 시선으로 영재를 바라보고 있었다.

"너희 아버지 오셨다."

"네?"

이게 무슨 날벼락 같은 소리인가. 영재는 귀를 의심했다.

"뭐? 아버지가 아프셔? 이 새끼나, 저 새끼나, 전부 거짓말만 하고 있어."

"그게 무슨……."

"어쨌든 나와 봐. 이 시간에 뭐하는 짓이야."

원장은 신경질적으로 내뱉으며 문을 열어 놓은 채 나갔다. 영재는 허둥지둥 옷을 걸치고 거실로 나왔다.

"오, 우리 아들 일어났네?"

아버지였다.

술에 잔뜩 취해서 불콰해진 얼굴로 영재를 보고 히죽 웃었다. 숨을 내뱉을 때마다 술 냄새가 진동했다. 아버지는 구부정한 자세로 거실바닥에 주저앉아서 실실 웃고 있었다. 맞은편 소파에는 원장이 떨떠름한 얼굴로 앉아서 팔짱을 끼고 영재 부자를 번갈아보았다. 이게 다 무슨 난리냐는 듯 원망스러운 눈초리였다.

"뭐야? 지금 여기서 뭐하는 거야?"

영재는 당황해서 말을 잇지 못했다.

"아들 보고 싶어서 왔지."

아버지가 능글맞게 웃으며 말했다.

"미치겠다, 진짜……."

"아무리 그러셔도 그렇지. 이 시간에 오셔서 이러시면……."

원장은 불편한 기색을 감추지 않았다. 영재가 황급히 다가가 아버지를 일으켜 세웠다.

"죄송해요. 제가 데리고 나갈게요."

162

"잠시만. 뭐, 하실 말씀 있으신 거 아니에요?"

원장이 어차피 이렇게 된 거, 용건이나 들어보자는 식으로 물었다. 창원은 아들의 손을 뿌리치더니 넙죽 원장에게 허리를 숙였다.

"제가 원장님한테 면목이 없습니다. 제 씨로 놓은 새끼 제가 끝까지 죽이든, 밥이든, 어떻게든 거둬 먹어야 하는데…… 이놈의 다리가 말썽이어서 그만. 우리 원장님, 아니지. 형이라고 불러도 됩니까?"

"아빠, 제발……."

영재가 우는 소리로 애원했다. 원장은 길게 한숨을 내쉬며 고개를 가로저었다.

"네, 뭐 호칭이야, 편하게 하셔도 저야 상관없는데요. 하실 말씀 있으시면 애들 깨기 전에 얼른……."

창원은 원장의 말꼬리를 자르며 한탄을 쏟아냈다.

"형. 제가 다른 게 아니라요. 형은 자식이 없죠. 아니, 너무 많구나. 나 같은 새끼가, 나 혼자도 책임 못 지는 새끼가, 그냥 하던 대로 조용히 배나 탔으면 될 일인데 괜히 애를 둘이나 싸질러 놔서 애들만 고생이에요. 애 엄마는 집도 잘 안 치우고 술은 또 어디서 그렇게 배워 왔는지, 원. 형, 저도 죽겠어요. 진짜 미치겠습니다. 제가 몸만 안 아프면 어디 공사판에 가서 노가다를 해서라도 벌겠는데……."

"아니, 아프신데 술을 이렇게 드세요?"

원장은 기가 차다는 듯 혀를 차며 물었다.

"속상해서, 속상해서 마셨습니다."

"네, 네. 그런데 하실 말씀이 뭡니까?"

원장의 목소리에 잔뜩 짜증이 묻어났다.

"형, 제가 정말 면목이 없는데 저희 둘째도 맡겨도 될까요. 개 입장에서도 우리 손에 크는 것보다……."

"진짜 미쳤어!"

거기까지 듣던 영재가 소리를 지르며 아버지에게 달려들어 우악스럽게 일으켜 세웠다.

"아니, 잠깐 놔봐. 아직 할 얘기가 남았어!"

"조용히 해."

영재는 강제로 아버지를 잡아끌었다. 그러면서 원장에게 말했다.

"아빠, 죄송해요. 제가 택시 태워서 집에 보낼게요. 앞으로 이런 일 없을 거예요. 정말, 죄송해요. 가자. 빨리 나와."

"어, 그래라. 영재 아버님. 우선 오늘은 들어 가시구요. 담에 맨 정신일 때 다시 얘기해요. 얼른 모셔다드려."

원장도 귀찮다는 듯 고개를 설레설레 흔들었다.

"형님! 그게 아니라, 제 말씀 좀 끝까지 들어보세요. 아, 큰아들! 이것 좀 놔봐. 내가 아직 할 말이 남았다니까."

"아 좀! 제발, 나가자."

영재가 이를 악물고 쥐어짜듯 내뱉었다.

"형님, 그러면 제가 조만간에……."

아들의 서슬에 눌린 창원은 마지못해 인사를 하고 엉거주춤 따라나섰다.

"네, 들어가세요."

원장은 건성으로 대꾸했다.

"죄송해요. 요 앞까지 모셔다드리고 올게요."

영재가 말했다.

원장은 이미 상당히 화가 났는지 듣는 척도 안 하고 원장실로 들어가 버렸다. 영재는 입술을 깨물었다. 겨우 범태 문제를 해결해서 한시름 놓나 싶었더니 더 큰 문젯거리가 찾아와 입장을 난처하게 만들었다.

영재는 지난번에 민재와 헤어졌던 버스 정류장으로 아버지를 데려왔다. 두 부자는 정류장 벤치에 나란히 앉아서 버스를 기다렸다. 하지만 아직 이른 시간이라 그런지 좀처럼 버스가 나타나지 않았다.

"택시 타고 가."

영재가 말했다.

"곧 첫차 오는데. 들어가. 알아서 들어갈게."

"택시 타고 가라고. 정신 못 차리니까."

그러자 창원이 발끈해서 소리쳤다.

"택시 타고 갈 돈이 어디 있어, 새끼야! 내가 알아서 들어간다고! 그러니까 신경 쓰지 말고 너나 어서 들어가."

영재가 거의 우는 소리로 하소연했다.

"제발, 이러지 마라. 정말 부탁이야. 아빠, 이러지 마. 계속 이럴 거면 그냥 내 앞으로 보험 들어놓고 손가락을 자르든, 우유에 독약을 타 먹이든, 그렇게 해. 부탁이다. 그렇게 해. 그냥 나를 죽여 줘."

그때서야 조금은 미안했는지 창원은 목소리를 누그러뜨리며 아들에게 사과했다

"내가 미안하다. 아들, 정말 미안해. 근데 나는 미워해도, 너네 엄마는 미워하지 마. 너네 엄마는, 너……."

영재가 아버지의 말을 끊었다.

"안 미워해. 세상에 아빠 말고 증오하는 사람 없어. 그러니까 걱정 마."

창원은 아들의 말을 듣고 허탈하게 웃었다.

"그래도 싸지, 싸. 근데 미워는 해도, 아빠, 이해는 해줘야……."

참다못한 영재가 벌떡 일어섰다.

"시끄럽고, 빨리 택시나 타라고."

창원은 아들을 흘끗 보더니 넌지시 물었다.

"정말, 민재도 같이 데리고 살면 안 돼?"

영재는 한숨을 내쉬었다.

"혼자도 버거워. 나 혼자 버티는 것도 힘들어. 아빠도 정말 이기적이다. 민재, 나한테 던져 놓고 혼자 잘 먹고 잘 살라고?"

"그게 아니라……."

"민재라도 없으면, 나는 어디로 돌아가?"

"돌아올 거야? 집에?"

창원이 눈을 휘둥그레 뜨고 물었다. 영재는 두 손 두 발 다 들었다는 듯 고개를 절레절레 흔들었다.

"정말 아빠도……."

영재는 한숨을 쉬고 말을 이었다.

"몰라. 택시를 타고 가든, 걸어가든 알아서 해. 나, 간다. 그리고 한번만 더 이렇게 와서 난리 쳐봐. 나 그땐 진짜 가만히 안 있는다."

영재는 아버지를 남겨두고 정류장을 떠났다.

***

"너희 아버지 아프셔서 움직이지도 못 한다고 안 그랬니?"

원장이 꾸역꾸역 밥을 먹고 있는 영재 앞에 앉아서 차갑게 질타했다.

"죄송합니다."

영재는 밥 먹던 손을 멈추고 나직이 사과했다.

"너, 계속 이러면 우리도 다시 생각해봐야 돼."

"네."

"하루라도 좀 편하게 살자. 새끼야, 어?"

때로 손으로 때리는 것보다 말 한마디가 더 아플 때가 있다. 지금이 그랬다. 영재는 원장이 한마디, 한마디 내뱉을 때마다 몸을 움찔했다. 영재에게 원장은 살기 위해 매달릴 수밖에 없는 동아줄이나 다름없었다. 그런데 자꾸만 원치 않는 상황이 일어나 금세라도 동아줄이 끊어질 것만 같았다.

식사를 마치고 집을 나선 영재는 자석에 이끌린 것처럼 다시 창고로 걸음을 옮겼다. 왠지 모르지만 오늘이 마지막이라는 심정으로 창고에서 물건을 꺼내 가방에 쑤셔 넣었다. 여느 때랑 다르게 절박하고 불길한 기분이 들었다.

***

"오늘은 반에 반값이야. 이런 기회는 다시 안 와."

영재는 어떤 불안감에 쫓긴 나머지 창고 물건들을 거의 헐값에 내놓았다. 아이들은 이런 기회를 놓칠 수 없다며 우르르 몰려와 돈을 건네고 물건을 가져갔다. 영재는 오늘만 큼은 재고를 남기지 않겠다는 듯 필사적이었다. 필요하다면 가격도 더 낮추었다. 그런 영재의 소식을 듣고 다른 반 아이 들까지 찾아왔다. 영재는 반나절 만에 물건을 모두 팔아버 렸다. 그리고는 가방을 메고 학교를 빠져나왔다. 이유는 모 르겠지만 아침부터 줄곧 뭔가에 쫓기는 기분이었다.

불안감을 쫓아보려고 여기저기 돌아다녀봤지만 조금도 도 움이 되지 않았다. 그러다가 문득 오늘이 과외를 받는 날이 라는 걸 떠올리고 가까운 선물가게를 찾았다.

영재는 윤미에게 줄 선물로 지갑을 골랐다. 선물을 받고 기뻐할 윤미를 떠올리니 한결 기분이 나아졌다.

영재는 과외시간에 맞춰 집으로 갔다. 바로 들어가지 않 고 윤미가 나타날 때까지 대문 앞에서 기다렸다.

몇 분 후에, 윤미가 저쪽에서 걸어왔다. 영재는 환하게 웃 으면서 윤미에게 손을 흔들었다. 윤미도 영재를 발견하고 손 을 흔들어주었다.

"추운데 왜 나와 있어?"

"생각보다 일찍 오셨네요."

"응, 수업을 일찍 마쳐서. 근데 무슨 일이야? 왜 밖에서 이 러고 있어?"

윤미가 묻자, 영재는 수줍게 웃으며 가방에서 예쁘게 포장

한 지갑을 꺼냈다.

"이거······."

"뭐야?"

윤미는 초롱초롱한 눈을 빛내며 물었다.

"선생님, 이거 아까 지나가다가 선생님 드리려고 하나 샀
어요. 저 때문에 여기까지 왔다갔다 고생하시고 그래서."

"아, 진짜? 고마워라. 근데 벼룩에 간을 빼먹지. 선생님이
받아도 되나? 돈 생겼으면 너 사고 싶은 거나 하나 더 사지."

윤미는 정말 고맙다는 표정으로 말했다.

"저도 사고 싶은 게 생겼으면 좋겠어요."

영재는 그렇게 말하며 멋쩍은 미소를 지었다.

"그런데 선생님, 저 사실은 부탁이 하나 있어요."

"부탁, 무슨?"

윤미는 고개를 갸우뚱하더니 뭔가 알겠다는 듯 야릇한 미
소를 지었다.

"어쩐지. 이거 뇌물이었구나? 무슨 일이야?"

영재는 잠시 망설이다가 조심스럽게 말을 꺼냈다.

"저, 선생님이 아빠, 아니 원장님한테 말씀 좀 잘 해주세
요. 애가 공부가 확 늘어서 신학교 성적 맞출 수 있을 것 같
다고. 조금만 더 시키면 충분히 가능할 것 같다고. 애를 한
번 믿어 보시는 게 어떠냐고. 기숙학교 들어가면 더 집중이

잘 돼서 공부하는 데 더 수월할 것 같다고. 제가 알아봤는데, 신부 되는 애들 기숙해서 키우는 학교가 있거든요. 선생님이 한 번만 말씀드려 주시면, 거기 가면 선생님은 못 보지만 그래도 원장님 눈치 안 봐도 되고. 진짜 열심히 할 수 있거든요, 선생님? 네? 부탁드려요."

"영재야."

"네."

윤미는 불안에 떨고 있는 영재를 측은하게 바라보았다.

"걱정하지 마. 니가 무슨 말 하는지 알아. 근데 니 말에 니가 속지 않았으면 좋겠어. 나는 니가 정말 말하는 것처럼 살았으면 좋겠어. 약속할 수 있지, 응?"

"네, 약속할게요.

"그래, 들어가자. 춥다."

영재는 윤미의 말에 안도감을 느끼고 한숨을 쉬며 집으로 들어갔다.

"다녀왔습니다."

윤미와 함께 나란히 신발을 벗고 거실로 들어서던 영재는 결코 반갑지 않은 얼굴을 발견하고 우뚝 멈춰 섰다.

아버지가 민재와 함께 앉아있었다. 원장 내외는 영재를 보고도 아무 말도 꺼내지 못하고 착잡한 표정만 짓고 있었다. 기어이 아버지가 사고를 친 것이다. 영재는 입술을 꽉 깨물고 몸을 부들부들 떨었다. 이제야 온종일 자신을 괴롭혔던 불안의 정체를 깨달았다. 뱃속이 울렁거려서 낮에 먹은 밥을 모두 게워내고 싶었다.

"선생님, 죄송한데 애 데리고 먼저 들어가 계시겠어요?"

원장이 뭔가 불긴한 영재의 표정을 읽고는 윤미에게 정중히 부탁했다.

"아, 네. 영재야, 가자."

윤미는 전후사정을 몰랐지만 눈치로 심상치 않은 분위기를 읽었다. 그래서 원장의 부탁대로 영재를 방으로 데려가려고 했다. 하지만 영재는 윤미를 거부하고 아버지에게 다가갔다.

"아빠, 일어나."

"온 지 얼마 안 됐어. 너도 여기 앉아."

지난번과는 달리 창원은 느긋하게 굴었다. 뭔가 믿는 구석이 있다는 듯했다. 그런 태도가 영재를 자극했다.

"빨리 일어나라고! 좋은 말할 때 일어나. 진짜 나 도는 거 보기 싫으면!"

평소에 보지 못했던 영재의 거친 언사에 깜짝 놀란 원장 부인이 목소리를 낮추고 영재를 타일렀다.

"요한아, 아버지한테 말버릇이 그게 뭐야."

"아, 여기선 영재를 요한이라고 부르나 보네요. 민재는 아직 세례를 못 받았는데. 이름 예쁜 걸로 하나 지어주세요.

영재보다 요한이가 이름이 더 낫네."

창원은 아들 입장은 전혀 생각하지 않는지 더욱더 눈치 없이 굴었다. 그 무심함이 결국 영재를 폭발하게 만들었다.

"일어나라고! 너 일어나! 얼른 집에 가, 너. 병신새끼야. 내가 여기 오지 말라고 몇 번을 얘기해."

이번에는 민재를 우악스럽게 일으켜 세웠다.

"뭐하는 짓이야. 방에 안 들어가?"

보다 못한 원장이 버럭 소리를 질렀다.

"잠시만요, 아빠. 죄송해요. 근데 이 사람들 보내야 돼요. 들으실 필요도 없어요."

"듣자듣자 하니까 새끼가 못 하는 소리가 없네. 아무리 아빠가 너한테 지은 죄가 많아도 그렇지. 너, 이러는 거 아냐. 아빠가 몸만 좋으면 보란 듯이 돈 벌어 먹여 살릴 텐데. 그렇게 아빠를 이해를 못 해? 철 들 때도 됐구만."

창원도 더는 못 참겠다는 듯 발끈해서 언성을 높였다.

"철 같은 소리하고 있네. 아빠 덕에 더 들 철도 없어. 빨리 나가, 빨리!"

"못 나가, 새끼야. 나가도 찾아온 용건은 끝내고 갈 거야. 이 이기적인 새끼야. 너만 편하자고 이렇게 역정을 내? 동생한테 미안하지도 않냐."

영재는 창원의 어이없는 말에 이성을 잃고 말았다.

"무슨 개소리야! 내가 왜 미안해? 누가 더 이기적인데!"

"영재야."

윤미가 아무래도 불안했는지 영재에게 다가갔다.

"형님, 그래도 애 혼자 크는 것보다 형제끼리 같이 크면 외롭기도 덜 외로울 거고, 서로 의지도 하고 좋잖아요? 애 학교 문제는 어떻게……."

창원은 영재가 뭐라고 하거나 말거나 상관하지 않았다.

영재는 씩씩거리며 아버지를 끌어내려고 했지만 뒤에서 윤미가 붙잡았다. 원장 부인도 영재에게 그러지 말라며 눈짓을 보냈다. 원장은 답답하다는 듯 그저 한숨만 푹푹 쉬고 있었다. 민재는 분위기에 억눌려 이러지도, 저러지도 못하고 형과 어른들의 눈치만 살폈다.

그때였다.

영재가 윤미에게 이끌려 방으로 가는가 싶더니 주방을 지나는 순간 도마 옆에 꽂은 식칼 하나를 빼들어 자기 손목에 갖다 댔다.

"야, 너 뭐하는 거야, 지금. 당장 그 칼 안 내려놔! 얘가 정말. 요한아, 야, 박영재! 빨리 내려놓지 못 해!"

원장이 버럭 소리를 질렀다.

"죄송해요, 아빠. 근데 저 사람 보내주세요. 제발요. 저 정말 이러고 싶지 않은데, 정말……."

영재가 애원하듯이 말했다. 정작 빌미를 제공한 창원은 기가 차다는 듯 혀를 찼다.

"저거 어렸을 때도 자기 말 안 들어주면 몇 번이고 모가지에다 가위 가져다 대고 떼쓰고 그랬어요. 새끼가 또 병도졌네."

"개소리 그만하고 빨리 민재 데리고 나가라고! 빨리 나가라고!"

영재는 고래고래 소리를 지르다가 자기도 모르게 손목을 그어버렸다.

후두둑.

바닥에 핏방울이 떨어졌다.

원장 부인이 입을 틀어막으며 비명을 질렀다.

"영재야, 그거 내려놓고 쌤이랑 잠깐 나가자. 응? 영재 아버님 되시죠? 우선 나가 계세요. 영재야."

윤미가 영재를 부르며 조심스럽게 다가갔다.

"오지 마세요, 쌤. 죄송해요. 근데 오지 마세요. 빨리 저 사람이나 나가라고 해주세요. 부탁이에요. 선생님, 빨리. 가서 다시는 오지 말라고 해주세요, 선생님."

영재가 울먹였다.

피는 계속해서 바닥을 적시고 있었다. 이러다간 정말 큰일이 나겠다 싶어서 윤미는 고개를 돌려 창원을 바라봤다. 지금으로선 그가 민재를 데리고 잠시 자리를 피해주는 게 유일한 해결책이었다.

"아버님."

하지만 창원은 윤미의 기대에 부응할만한 사람이 못 되었다. 아들을 걱정하기는커녕 오히려 이번 기회에 버릇을 고쳐주겠다는 듯 눈을 부라리며 영재에게 다가가려고 했다.

"아니, 이 새끼가 보자보자 하니까……."

"아버님!"

윤미가 말리려고 했지만 창원은 보란 듯이 걸음을 뗐다.

"오지 마, 씨발!"

아버지가 다가오자 더욱 더 흥분한 영재는 무의식중에 윤미를 안았다. 그러고는 칼끝을 윤미의 목에 댔다.

"영재야."

윤미가 소스라치며 영재를 불렀다.

영재는 미안하다면서도 윤미를 놓아주지 않았다. 칼끝은 여전히 윤미의 목을 겨누고 있었다. 창원은 아들에게 더는 다가가지 못하고 멈칫했다.

"죄송해요, 선생님. 정말, 죄송해요."

이번에는 원장이 자리를 박찼다.

"박영재! 너, 지금 뭐하는 거야! 선생님한테. 이게 정말……."

원장은 고개를 홱 돌려 창원을 쳐다봤다.

"아버님! 아버…… 아니, 이 씨발 새끼들아. 당장 그만 안 둬? 이 새끼고 저 새끼고 당장 그만 두라고!"

원장까지 폭발하자 당황한 창원은 어찌할지를 몰라 주춤 거렸다.

"형, 갈 테니까 그만해. 형, 팔에 피 많이 흐르잖아. 그만 해. 아저씨, 아줌마 죄송합니다. 아빠, 가자. 형 저러다가 죽 어. 아빠!"

부들부들 떨고만 있던 민재가 일어났다. 그리고 아버지의 팔을 붙잡고 나가자며 밖으로 잡아끌었다. 작은아들까지 그 렇게 나오자 창원은 말문을 잃어버렸다.

"꺼지라고, 빨리! 제발, 빨리……."

영재는 계속 고함을 질렀다.

"아빠, 가자. 가자고, 얼른. 형, 저러다가 정말 죽어."

민재가 울먹이며 말했다.

"요한아, 아버지 가신대. 어서 내려놔. 아버지 담에 또……."

원장 부인이 영재를 다독이며 안심시키려 했다.

"안 돼! 오지 마. 죽을 때까지 오지 말라고! 여기 나타나지 말라고!"

영재는 악다구니를 쳤다. 창원은 민재의 손에 이끌려 얌전히 따라가나 싶더니만 영재의 악다구니에 다시 발끈해서 언성을 높였다.

"개새끼! 너 이제 내 새끼 아니다. 씨발, 호적을 파 버릴 거야."

"아버님, 우선 나가세요. 민재랬지? 민재야, 아빠 모시고 얼른 나가."

원장이 다시 시작되려는 부자의 싸움을 제지하기 위해 다급히 말했다.

"가세요, 아버님."

원장 부인도 거들었다.

창원은 멋쩍어졌는지 입맛을 다시며 터벅터벅 현관문을 나섰다. 그 발걸음 어디에도 영재에 대한 마음은 없었다.

"형, 갈게."

민재는 연신 눈물을 훔치며 영재에게 작별인사를 했다.

동생과 아버지가 시야에서 사라지자, 영재는 칼을 바닥에 떨어뜨렸다. 윤미도 비로소 영재에게 풀려나 숨을 돌렸다.

"망할 자식."

원장이 잔뜩 얼굴을 구기며 밖으로 나가려고 하자, 그때서야 퍼뜩 정신을 차린 영재는 무릎걸음으로 기어가 원장의 바짓가랑이를 붙잡고 매달렸다. 그러고는 통곡하듯 펑펑 울며 용서를 구하고 또 구했다.

"아빠, 제가 잘못했어요. 다시는 안 그럴게요. 저, 버리지 마세요. 저 성당도 진짜 열심히 나가고 공부도 열심히 해서, 꼭 진짜 신부님 돼서, 아빠랑 엄마랑 저 너무너무 잘 키워주셔서 너무너무 아빠랑 엄마한테……."

횡설수설하는 영재의 마음이 짠했던 원장 부인은 제대로 영재를 쳐다보지 못하고 밖으로 나가버렸다.

영재에게 다리를 붙들린 원장은 한숨만 내쉬었다. 그러다가 영재의 힘이 빠지자 영재를 뿌리치고 밖으로 나가버렸다.

영재는 그대로 바닥에 엎드려 흐느꼈다. 여전히 손목에선 피가 흐르고 있었다. 윤미는 핸드백에서 손수건을 꺼내 영재의 손목을 싸매서 지혈했다. 그러고는 영재의 머리를 쓰다듬으며 조용히 말했다.

"괜찮아. 살다보면 그럴 수도 있지. 너도 모르는 새에 그런 거지. 일부러 그런 거 아니잖아, 그치?"

"한 번만 봐주세요. 죄송해요. 제가 잘못했습니다. 한 번만 용서해주세요. 죄송합니다, 정말……."

영재는 끝도 없이 두 손을 조아리며 사과했다. 하지만 그 사과를 들어주는 이는 아무도 없었다.

마지막 기도

탈진해서 정신을 놓았던 모양이다.

영재는 겨우겨우 눈을 떴다. 그리곤 낯선 환경에 벌떡 몸을 일으켰다. 천천히 주위를 둘러보니 발치에 엎드려서 자고 있는 윤미가 보였다. 그제야 영재는 마음을 놓았다.

윤미 엄마의 식당이었다.

어쩌다가 이곳에 와 있는 걸까.

영재는 기억을 더듬어봤다. 그 난리를 피우고 나서 영재는 도저히 집에 있을 수 없었다. 미움을 받는다는 건, 어떤 이유에서든 감당하기 힘들었다. 그래서 어찌할 바를 몰라 무력하게 코흘리개 꼬맹이처럼 울고 있는 영재를 윤미가 밖으로 데리고 나왔다. 그새 성당에 연락했는지 승합차가 대문 앞에서 기다리고 있었다.

영재는 윤미와 함께 승합차를 타고 이곳에 왔다.

차를 타고 오면서 집근처 버스정류장을 지나치는데 벤치에 나란히 앉아있는 아버지와 민재를 봤다.

아버지는 항상 그랬던 것처럼 무기력하게 축 처져서 바닥만 쳐다보고 있었고, 민재는 손등으로 눈가를 훔치며 꺼이꺼이 울고 있었다.

순간 영재는 차창을 열고 두 사람을 부르려고 했지만 때마침 버스가 도착해 시야를 가려버렸다. 그사이에 승합차도 달려가면서 몇 초 만에 거리가 벌어지면서 두 사람의 모습을 놓치고 말았다. 안타까워서 고개를 숙이는 영재의 손을, 옆에 앉은 윤미가 가만히 잡아주었다. 따뜻한 온기가 느껴지는 손이었다. 그러다가 문득 영재는 손목 상처를 싸매고 있는 윤미의 손수건을 발견했다.

'그랬지. 내가 그 난리를 피웠지.'

영재는 부끄러운 마음에 다시 고개를 숙였다.

윤미가 영재의 마음을 읽었는지 머리를 쓰다듬으며 괜찮다고 했다. 살면서 누구나 이런 때가 있다며, 그냥 어쩌다 보니까 자기도 모르게 실수를 한 거라고, 그러니 너무 마음 쓰지 말라고 영재를 위로했다.

얼마 후, 승합차가 식당 앞에 도착했다.

미리 연락을 받은 윤미 엄마가 출입문에서 기다리고 있었다. 수척해진 얼굴로 차에서 내리는 영재를 윤미 엄마가 다가와 안아주며 괜찮다고 등을 두드려주었다. 윤미 모녀는 영재를 부축해서 식당 안, 단칸방으로 데려갔다.

　윤미 엄마는 영재에게 미리 쑤어놓은 닭죽을 먹였다.

　영재는 거의 넋 나간 사람처럼 그릇을 비우고 나서 그대로 쓰러져 잠이 들었다. 그리고 이제야 깨어난 것이다.

　영재는 윤미가 깰까봐 조심스럽게 일어나 방을 나왔다. 식당은 비어있었다. 윤미 엄마는 어디로 갔는지 보이지 않았다.

　밖에선 눈이 내리고 있었다. 영재는 외투도 걸치지 않고 셔츠 한 장만 걸친 채 거리로 나왔다. 어디로 가야하는지도 모른 채, 내리는 눈을 맞으며 걷고 또 걸었다.

　거리에선 크리스마스캐럴이 흘러나왔다.

　선물 가방을 들고 어딘가로 바쁘게 움직이는 행인들의 표정은 하나같이 밝았다. 단란한 가족들도 보였다. 연인들도 있었다. 그냥 이유도 없이 깔깔거리며 거리를 오가는 아이들도 있었다. 모두가 행복해보였다.

　단 한 사람, 영재만 제외하고.

　영재는 이루 말할 수 없는 소외감을 느끼며 계속 걸어갔다. 몸에 묻은 눈이 녹으면서 옷이 젖었다. 바람도 거셌다. 영재는 두 팔로 어깨를 감싸며 몸을 떨었다. 그러다가 성당을 발견하고 그곳으로 발길을 돌렸다.

영재는 성당 안으로 들어갔다. 십자가를 바라보며, 구석진 자리에 앉았다. 그러고는 두 손을 모으고, 눈을 감고, 간절한 마음을 담아 기도를 올렸다.

무책임한 아버지를 죽여주시고

영재는 아버지를 떠올린다.

멀쩡한 사지를 갖고도 고작해야 다리 하나 불편하다는 이유로 가장 역할을 등한시하고, 자기 자식을 남의 집에서 자라게 하는 아버지. 그것도 모자라 어떻게든 아들을 이용해서 사람들에게 구걸하는 아버지. 부끄러움도 모르고, 책임감도 없는 아버지. 부모의 무능이 자식을 삶이라는 전장(戰場)에 무방비로 내몬다는 사실을 전혀 모르는 아버지. 영재는 그 아버지를 죽여 달라고 기도한다.

돌보지 않는 어머니를 벌해주시며

영재는 어머니를 떠올린다.

늘 무능한 남편을 만나서 그렇다며 자신의 허물까지 덮으려는 어머니. 오랜만에 만난 아들에게 동생을 떠넘기려는 어머니. 자식을 남에게 맡겨놓고도 찾아와 본 적이 없는 어머니. 그나마 데리고 있는 남은 동생조차도 돌보지 않고 자기 아픈 것만 말하는 어머니. 어른들에게는 아이들이 모르는 사정이 있다며 이해를 바라는 어머니. 자식은 어려기에 아무것도 모를 거라고 여기는 어머니. 영재는 그 어머니를 벌해달라고 기도한다.

어린 동생에게 살아갈 지혜를 주시고

못난 부모를 만나 끼니도 제대로 챙겨 먹지 못하고, 신발 하나 사는 것도 눈치를 봐야 하는 착한 동생. 그저 형만 함께 있으면 마냥 좋아하는 철부지 동생. 아버지를 핑계 대지만 사실은 단지 형이 보고 싶어서 구박을 받는 걸 알면서도 계속 찾아오는 동생. 영재는 그 동생에게 살아갈 지혜를 달라고 간절히 기도한다.

이런 나를 품어주세요.

살기 위해 집을 나와야 했던 자신. 그래서 남의 집에서 살아갈 수밖에 없었던 자신. 남의 집에서 버티기 위해선 무능한 아버지 밑에서 고생하는 동생을 외면해야 했던 자신. 물건을 훔치고, 친구를 고발하고, 그렇게 해서라도 살아남고 싶었던 자신. 살아가기 위해 가시를 세우고 거짓말을 할 수밖에 없었던 자신. 영재는 염치없지만 그런 자신을 품어달라고 간절히 기도한다. 너무도 간절히.

제 이야기를 들어주신다면 괜찮은 아이가 되겠습니다.

어른이 아닌 아이에겐, 누군가에게 의지하고 기댈 수밖에 없음을, 영재는 간절히 호소하고 또 호소했다. 어른들의 무심함이 아이들을 사지에 내몰고 있다는 사실을, 제발 '당신'만은 알아달라고 간절히 기도했다.

아멘

작별인사

영재는 커다란 박스에 옷가지와 개인 물품을 담고, 그동안 아이들에게 물건을 팔고 받은 돈을 넣어둔 지갑까지 넣고 테이프로 봉했다. 문을 열어놓고 있어서 아이들이 멍하니 영재를 바라보고 있었다. 아이들의 눈빛에는 서운함이나 아쉬움 같은 건 없었다. 그저 두려움만 있을 뿐이었다. 아이들도 알고 있었다. 언젠가 자기들도 영재처럼 여기를 떠날 날이 온다는 사실을. 혹은 원장 내외의 눈 밖에 나서 쫓겨날 수도 있다는 것을. 아이들은 그것이 두려웠다. 이곳에서 나가면 자기들은 단 하루도 버티지 못한다는 사실을 너무도 잘 알고 있었던 것이다. 그래서 할 수만 있다면 어떻게든 버텨서 살아남아야 했다.

짐을 모두 꾸린 영재는 점퍼를 걸치고 가방을 들고 거실로 나왔다. 아이들은 주춤주춤 물러났다. 뭔가 영재에게 할 말이 있는 듯 보였지만, 영재는 아이들을 무시하고 현관문으로 향했다. 한 아이가 쪼르르 달려와 영재에게 사탕 하나를 건넸다.

영재는 말없이 사탕을 받아들었다.

마당에선 원장 부부와 보좌신부, 그리고 윤미가 기다리고 있었다.

"짐은 다 쌌니?"

원장이 물었다.

"네."

영재는 조용히 고개를 끄덕였다.

원장이 앞장을 섰다. 대문 앞에 시동을 걸어둔 승합차가 대기 중이었다. 영재를 새로운 보금자리로 태워갈 차량이었다. 운전은 특별히 원장이 해주기로 했다. 표현하진 않았지만 어쩌면 원장 나름의 작별인사인지도 몰랐다.

"어디로 간댔죠?"

보좌신부가 조용히 따르며 물었다.

"충청도 쪽이에요. 거기가 시골이라 그렇지 시설도 지은 지 얼마 안 돼서 여기보다 훨씬 좋고, 공기도 맑고 산속이라 조용해 공부도 더 잘될 거예요. 엄마가 얘기 잘 해놨으니 가서 잘 지내. 가끔 전화 한 통씩 하고."

원장 부인이 말했다. 아직도 영재를 이렇게 보내는 게 조금은 서운한 눈치였다. 비록 그런 일이 있었어도 여전히 영재에게 기대하는 바가 컸다. 하지만 주변의 시선도 그렇고, 원장의 생각이 너무 확고해서 그녀도 어쩔 수가 없었다.

"나한테도, 나한테도 전화 한 통씩 해 줘. 선생님이 뭐 해줄 게 딱히 없네."

윤미가 안타까운 얼굴로 말했다.

"네."

영재는 힘없이 고개를 끄덕였다. 옆에서 원장이 불만스러운 표정을 지으며 중얼거렸다.

"어디 팔려가는 것도 아닌데, 괜히 호들갑들은."

원장 부인이 남편에게 눈치를 주었다. 원장은 못마땅하다는 듯 낮게 헛기침을 했다.

"영재야 아니 요한아. 잘 가. 바라던 미션 스쿨은 아니지만 가서 신학교 꿈 포기하지 말고. 공부 열심히 하고, 성당만 열심히 다니면 돼. 하나님이 다 알아서 해주실 거야. 알았지? 기도할게."

보좌신부는 영재에게 힘을 주고 싶었다. 하지만 딱히 무언가를 해줄 수 있는 처지도 아니었다. 그저 간절한 마음으로 영재가 잘못되지 않기를 빈다고 했다.

"네, 안녕히 계세요."

영재는 인사를 하고 승합차에 올라탔다.

"다녀올게."

원장이 차를 출발시켰다.

영재는 배웅 나온 사람들에게 다시 한 번 인사를 했다. 원장 부인이 기어이 눈물을 보였다. 윤미와 보좌신부는 그저 말없이 손을 흔들어주었다.

아이들이 베란다로 나와 멀어지는 승합차를 조용히 지켜봤다. 더러는 손을 흔들어주는 아이도 있었다.

"어디 가든지 니가 제일 불쌍하단 생각 버리고 살아. 너보다 불쌍한 사람 널리고 널렸어. 넌 그 생각만 버리면 잘 버틸 수 있을 거야."

사이드 미러를 살피며 원장이 말했다.

"네, 아빠. 죄송한데 저 잠깐 어디 좀 들리면 안 될까요? 부탁 좀 드릴게요."

영재가 부탁했다.

"아빠라고 안 불러도 돼. 어차피 또 아빠가 생길 텐데……."

원장은 마지막까지도 자신을 아빠라고 불러주는 영재에게 계속 야박하게 굴기 어려웠는지 슬며시 말끝을 흐렸다. 일부러 빨리 정을 떼려고 딴에는 무심한 척 하고 있었지만 그도 영재에게 미운 정 고운 정이 들었던 모양이다.

원장은 근방의 중학교로 차를 몰았다. 영재의 부탁으로 동생에게 가는 길이었다. 원장은 내키지 않았지만 마지막 부탁이려니 하며 가던 방향을 틀어주었다.

점심시간인지 운동장 안에는 공놀이로 바쁘게 뛰어노는 중학생들이 보였다. 그중에는 열심히 공을 쫓아다니고 있는 민재도 있었다.

"잠시만이요."

"빨리 다녀와라. 조금 있으면 차가 막힐 시간이야."

"네."

영재는 고개를 끄덕이고 나서 박스 하나를 들고 교문 앞으로 걸어갔다. 그러고는 민재에게 전화를 걸었다. 오랜만에 형의 연락을 받아선지 민재가 한걸음에 달려왔다.

"형?"

"점심시간이지?"

"어……."

민재는 영재의 갑작스러운 방문이 얼떨떨한 모양이었다.

영재는 행여 민재가 눈치라도 챌까 싶어 얼른 들고 있던 박스를 민재에게 내밀었다.

"이거 줄라고."

민재가 박스를 받아들며 물었다.

"이게 뭔데?"

영재는 피식 웃으면서 말했다.

"나 입던 옷이랑 신발인데 작아서. 물려주는 거야."

민재가 알겠다는 듯 고개를 끄덕였다. 그러고는 환하게 웃었다.

"아아, 잘 입을게. 고마워, 형. 아빠한텐 얘기 안 해야겠다. 그럼 잘 됐다, 하고 새 옷 안 사줄 거야. 나, 사고 싶은 옷 있단 말이야."

"그래. 거의 안 입었던 옷들이라서 한번 빨아서 입음 완전 새 거 같을 거야."

생글생글 웃던 민재는 뭔가를 깨달았는지 어두운 얼굴로 형을 쳐다봤다.

"근데 갑자기 이건 왜? 어디 가?"

"아냐. 그냥 짐 정리하다가 생각이 나서."

영재는 차마 서울을 떠나게 됐다는 말을 할 수가 없었다.

"형, 지난번에는 미안했어. 다시는 그런 일 없을 거야. 아빠한테도 다시는 가지 말자고 내가 부탁, 부탁했어."

역시나 뭔가를 직감한 것일까. 갑자기 민재가 눈물을 글썽이기 시작했다. 울먹이는 목소리로 영재에게 사과했다. 민재는 지난번 일이 미안해 영재에게 연락도 제대로 하지 못했다. 민재는 감정이 복받쳤는지 기어이 울음을 터뜨렸다.

"내가 그때 아빠 바짓가랑이를 물고 늘어져서라도 말렸어야 했는데, 정말 미안해. 어쨌든 아빠가 다시는 안 간다고 그랬어. 그러니까 형 걱정하지 말고 편하게 살아. 그리고 얼른 커서 돈 많이 벌어서 형이랑 나랑 둘이 살자."

영재는 울고 있는 동생을 보고 있자니, 가슴이 먹먹했다. 똑같은 이야기를 해주고 싶지만 그러다가 자기도 복받쳐서 눈물을 보일까봐 애써 참았다. 그래도 형이니까 동생 앞에서 눈물을 보일 수는 없었다. 형은 동생에게 의연하고, 늘 기댈 수 있는 존재여야 하니까.

"울지 마, 새끼야! 학교 앞에서 쪽팔리게. 들어가. 나도 학교 다시 가봐야 돼."

민재가 눈물을 훔치며 고개를 끄덕였다.

"근데 왜 교복을 안 입고 있어?"

"몰라. 새끼야."

"그래?"

민재는 뭔가 이상하다는 듯 고개를 갸웃거렸다. 영재는 얼버무리며 동생을 떠밀었다.

"하여튼 얼른 들어 가. 나중에 전화할게."

그러고는 돌아섰다.

영재는 결국 참았던 눈물을 흘리고 말았다. 하지만 동생에게 보여주긴 싫어서 계속 등을 보이며 승합차로 걸어갔다.

"형, 조심히 가."

민재의 목소리에 슬쩍 손을 들어 인사한 후 영재는 부리나케 승합차에 올라탔다. 영재는 눈물을 훔치며 원장에게 말했다.

"출발해 주세요."

원장은 말없이 차를 출발시켰다.

차창 밖을 내다보던 영재는 문득 뭔가 생각났다는 듯 가방에서 앨범 하나를 꺼냈다. 언젠가 민재가 찾아와 건네준, 자신의 앨범이었다.

영재는 앨범을 펼쳤다.

그러다가 어느 페이지에서 손을 멈추었다.

정말 오랜만에 보는 사진이었다.

가을운동회 때 찍힌 사진이었는데, 운동장에 돗자리를 깔고 도시락을 먹고 있는 장면이었다. 사진 속의 어린 영재는 렌즈를 향해 익살스러운 표정을 짓고 있었다. 옆에는 지금보다 훨씬 어린 민재도 환하게 웃고 있었다. 아버지와 엄마의 모습도 있었다. 그때는 지금과 다르게 다들 행복한 표정을 짓고 있었다.

맞다, 이런 날도 있었다.

늘 어둡고 암울하기만 했던 건 아니다.

미미하지만 이렇게 행복한 표정을 짓던 나날이 내게도 있었다.

영재는 손끝으로 사진을 어루만졌다.

그러다가 문득 고개를 들고 하늘을 올려다봤다.

사진 속 하늘만큼이나 파란 하늘이 머리 위에 펼쳐져 있었다.

너무 눈부셔서 눈물이 날 정도로 새파란 하늘이...

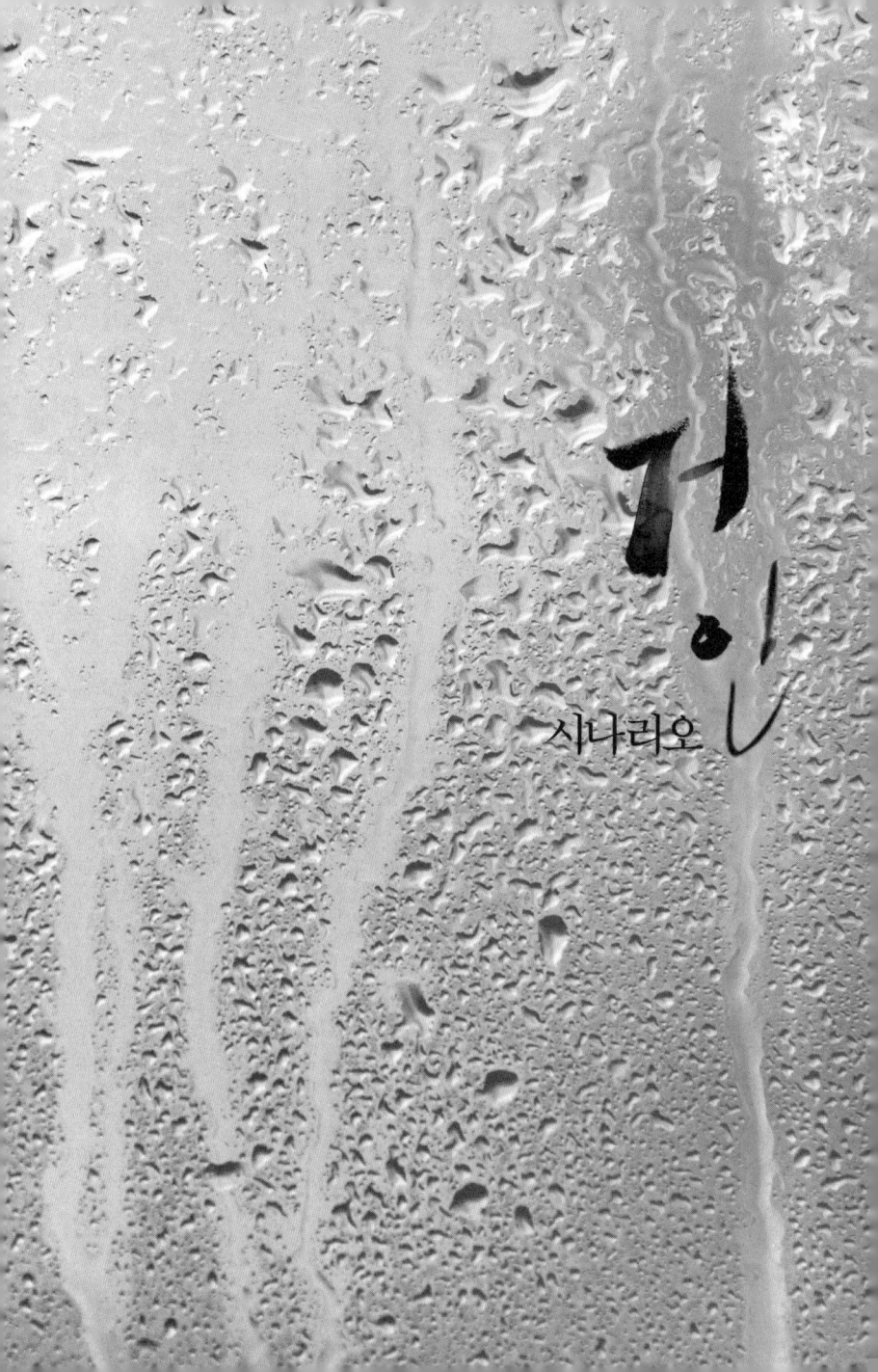

걸인

시나리오

1. ○○의 집 거실, 밤

○○의 집 거실에 모여 미사를 드리는 사람들.
신부와 원장 부부가 제단 앞에 앉아 있고, 아홉명의 아이들이 거실에
모여 앉아 있다.
아이들은 장난을 치기 바쁘고, 그 속에 영재는 열심히 기도를 하고
있다.
영재는 기도를 하며 자신의 행동을 눈여겨 봐주길 바라며 기도를 더
욱 크게 하고,
아이들은 그 꼴이 우스운지 웃다가 원장에게 눈총을 받는다.

보좌 신부 기도 드리겠습니다. 주님 아직 갈 길이 한참이나 남은 이 아이들. 주님
께서 항상 살펴주시고 보살펴 주시 옵시며, 남의 자식을 제 자식삼아 평생을 주님
의 뜻대로 살아온 우리 강신철 요셉형제님과 이민아 레지나 부부에게 큰 은총 내
려 주시 옵시며, 우리 ○○의 집, 앞으로 남은 이 겨울동안 하느님의 뜻 가운데서
행복하고 화평한 가정 되게 이루어 주시옵소서. 성부와 성자와 성령의 이름으로
기도 드립니다. 아멘.
일동 아멘.

기도하다 납작 엎드려 더 기도에 열중하는 영재.
슬쩍 고개를 들어 주변의 눈치를 살핀다.

2. 영재방, 밤

영재가 책자를 서랍에서 챙기고 있는데 범태가 들어온다.

영재 어... 일찍 왔네?
범태 응. 야자 안했지롱... 근데 뭐냐? 뭔데 이렇게 화들짝 감춰?

영재 아냐. 밥 먹으러 가. 오늘 백숙 나왔어.

범태 뭔데? 박영재 또 내꺼 손댔지? 너 도벽 한동안 잠잠하다 했더니.

영재 아이, 아니라니까. 빨리 밥 먹으러 와. 아빠가 밥시간 늦는 거 제일 싫어하잖아.

영재는 부리나케 밖으로 나온다.
고개를 갸우뚱 하더니 가방을 내려놓고 타이를 푸는 범태.

3. ○○의 집 거실, 밤

식사 후 둘러앉아 담소를 나누는 원장 내외와 보좌신부.

원장부 잘 드셨어요?

보좌 신부 아이, 너무 맛있게 잘 먹었습니다.

원장모 차린 것도 없는데…

보좌 신부 아니요. 진짜 이렇게 먹은 게 얼마만인지…

영재, 카드와 책자를 뒤에 숨긴 채 거실로 들어간다.
신부와 수녀들이 밥을 먹고 있는 상으로 조심스럽게 가는 영재.

영재 저기...

보좌 신부 응?

영재 담주면 성탄이고, 곧 새해고 해서… 제가 신부님이랑 수녀님들 카드 한 장씩 썼어요. 더 좋은 거 해드리고 싶었는데 목도리나 이런 건 너무 비싸고 그래서 대신 카드 한 장씩 썼어요. 되게 좋은 말씀 많더라고요. 항상 저희 챙겨 주셔서 감사하다고...

보좌 신부 어휴, 이걸. 이 친구 이름이 어떻게 되죠? 내가 여기 부임한 지 얼마 안 돼서 이름을 다 아직 못 외웠네...

영재 박영재... (원장모, 요한이라 눈치를 주자) 아니 요한이에요. 여기에선 다 요한이라고 불러요.

원장 모 얘가 보좌 신부님 같은 신부님 되는 게 꿈이래요. 성당도 열심히 나가고. 예비신학교도 착실하게 나가고. 우리도 꼭 좋은 신부 되라고 집에서는 이름 아니고 세례명 불러요. 저.. 신부님. 잘 좀 부탁 드려요.

보좌 신부 주님 감사합니다. 어린 애가 마음이 참 곱네요. (영재에게)고맙다. 잘 받을게. (원장모를 향해)레지나 자매님 이게 얼마나 기적 같고 은총 같은 일입니까. (다시 영재를 보며) 요한아! 너 정말 신학교 갈 거야?

영재 네!

보좌 신부 그럼 신부님이 너가 진짜 열심히 하면 주임신부님한테 말씀드려서 추천서 받게 도와줄게.

영재 정말이에요?

보좌 신부 응

영재 감사합니다. 감사합니다.

영재가 준 카드를 꺼내 읽으면서 흐뭇해하는 신부와 수녀들.
그 사이에 앉아 밥을 먹고 있는 영재.
그런 영재를 못 마땅하다는 듯 쳐다보는 범태.

4. ○○의 집 앞 마당, 밤

집에서 나온 보좌신부와 수녀가 성당 봉고에 오른다.
서로 인사를 나누는 일행들. 다른 아이들은 없고 영재만 앞장서서 나와 있다.

보좌 신부 요한아, 성당에서 보자. 오늘 선물 고마웠다.

영재 네, 조심히 가세요.

보좌 신부 그래. (원장 내외를 향해)예 그럼 저희 가보겠습니다.

원장 모 들어가세요.
원장 부 들어가세요

버스가 떠나고 들어오는 영재와 원장 부부.

5. 원장실, 밤

원장 모는 지갑에서 돈을 얼마쯤 꺼내 영재에게 건넨다.

원장 모 애들이 보고 배워야 되는데. 저 새끼들은 은혜를 몰라. 받을 줄만 알지.
원장 부 괜히 싸돌아다니지 말고 집에 딱 붙어서 공부만 해. 너 신학교 커트라인 얼마나 높은지 알지? 빨리 방에 들어가서 공부해.
영재 네...

영재가 나가고 문이 닫힌다.
암전 속 떠오르는 타이틀. "거인"

6. 영재방, 새벽

새벽녘 우풍에 흔들리는 커튼 창문.
영재는 일찍 잠에서 깨어 멍하니 누워 창밖만 바라보고 있다.
잠시 후, 큰 알람소리가 집 안에 울려 퍼지자 각 방마다 불이 켜진다.

7. ○○의 집 화장실, 아침

이를 닦는 영재와 세수하는 아이들.

206

욕실 앞엔 남자 아이들 여럿이서 꾸벅꾸벅 졸며 자기가 씻을 순서를
기다리고 있다.

8. ○○의 집 거실, 아침

영재가 씻고 나와 마루로 나온다.
범태는 교복을 다 챙겨 입고 나와 신발을 신고 있다.

영재 야! 밥 안 먹어?
범태 저 새끼가 차려준 밥 구린내 나. 구린내... 자습 있어서 일찍 갔다 그래.
영재 어...

범태는 가방을 메고 밖으로 나간다.
떠나는 범태를 멍하니 내다보는 영재.

9. ○○의집 부엌, 아침

영재는 부엌으로 들어와 아침을 준비하는 원장 부를 돕는다.
밥솥에서 밥을 그릇에 퍼다 나르는 영재.

영재 안녕히 주무셨어요.
원장 부 범태는?
영재 아침 자습 있다고 일찍 나갔어요.
원장 부 무슨 자습을 꼭두새벽부터 하나. 하긴 곧 나갈 새낀데 괜히 스트레스 받
지 말아야지. 근데 너... 실업계 애들도 신학교 갈 수 있나?
영재 네. 학교 제한은 없구요. 예비 신학교만 꾸준히 나가면...
원장 부 아버지한텐 말씀 드렸어?

영재 연락 안 온지 꽤 됐어요...

원장 부 흥. 한 이삼년 있다가 데려간다고 큰 소리 뻥뻥 치시드만. 야, 신부되면 결혼도 못 할 텐데 부모님 허락하셔야 할 거 아냐.

영재 상관없어요. 지금은 여기 엄마 아빠가 제 부모님인데요. 뭘.

원장 부 내가 한번 전화해 봐야겠다. 원래대로라면 범태처럼 너도 집에 가야 될 나이야. 알지?

영재 네... (눈치보며 머뭇대다) 제가 전화해 볼게요.

영재는 부리나케 자리를 떠 상에다 음식을 놓는다.

10. ○○의 집 창고, 아침

등교하던 영재는 눈치를 보더니 집 뒤편 창고로 향한다.
창고를 몰래 따고 들어가 창고에 있던 후원물품들을 뒤진다.
박스에 담겨져 있는 메이커 운동화 몇 켤레를 가방에다 숨겨 넣는다.
문을 조심히 닫고 창고를 빠져 나오는 영재.

11. 영재 학교 교실, 낮

영재는 자리에다 가지고 온 메이커 운동화를 여러 켤레를 펼쳐 놓는다.
아이들이 영재를 둘러싸고 가득 모여 있다.

아이 1 진짜 10에 안 되냐?

영재 10은 너무 거저지.

아이 1 새끼... 존나 깐깐하게 구네. 한두 번 사는 것도 아니고. 단골 이렇게 서운하게 해도 되는 거야?

영재 그럼 12. 더 이상은 안 돼.

아이 1 12?

아이 2 근데.. 너 물건은 다 어디서 가지고 오는 거냐. 아무튼 분명 이 새끼 존나 걸어 다니는 동대문이야.

아이 3 너 마트가서 밤마다 훔쳐오는거 아냐?

영재 그거까진 알 거 없고. 어떻게 할 거야. 나이키 루나 12에 살 사람.

아이 2 알았어... 12 콜... 오케이. 아 당분간 롤 좀 끊어야겠다. 맞나 세봐.

영재 부모님한텐 이거 샀다고 말하지 말고.

영재가 신발을 건네고 돈을 받아 지갑에 넣는다.
일행에 반장이 빼꼼 끼어든다.

반장 박영재, 담임이 잠깐 교무실로 오래.

12. 영재 학교 교무실, 낮

영재가 담임 앞으로 와 가지런히 앉는다.

영재 선생님. 부르셨어요.

담임 응. 영재야. 여기 앉아.

영재 네.

담임 야 너 거기 사는데 이름이 뭐지?

영재 ○○의 집이요...

담임 아 그래. 부모님들은 어떻게 좀 잘 해주시냐?

영재 네..

담임 다행이네. 그 양반들도 다 지 새끼들 포기하고 너희들 데려다 키우는 건데 나중에 취직해서 떵떵거리면서 한 번 찾아뵈어야 될 거 아니야. 그래야 그 양반들도, 너도 보람차고 좋지? 안 그래?

영재 네. 근데 전 지금 취직할 생각은 없구요... 신학교...

담임 너희들이 1학년 땐 다 그래. 좋은 대학을 가니 뭐 스카이를 가니 어쩌니. 근데 좋은 대학도 취직하려고 가는 거 아냐, 그렇지? 근데, 돈이고 시간 아깝게 뭐하러 그런짓을 해?

영재 네... 근데 무슨 일로 부르셨어요...?

담임 응? 저 밑에 아버지 오셨다. 구청에서 뭐 동생 장학금 받는데 니 앞으로 따로 떼야할 서류가 있나 보더라고... 그래서 내가 너 좀 보고 가라고 잡았어. 너 근데 아버지가 싫어할 것 같다 그러시더라. 친아버지 못 본지 오래 되지 않았어?

영재 아녜요. 가끔 오세요...

담임 그래. 아버지도 다 사정이 있으시니까 너 그런데 맡기는 거겠지. 그리고 세상에, 학창시절에 너 같은 그런 상처 없는 사람들이 어딨냐.

영재 상처 아니에요 선생님. 그리고 부모님이 맡기신 게 아니라 제가 집구석 꼴 보기 싫어서 직접 제 발로 찾아 간 거에요. 하실 말씀 다 하셨으면 가보겠습니다.

영재는 바삐 자리를 뜬다.
그런 영재를 뚱하게 쳐다보는 담임.

13. 영재 학교 교실, 낮

수업 중인 교실 풍경.

담임 임오군란에 결과에 대해서 한 번 봐 보자. 제물포 조약이 1882년에 일어났고, 청의 내정간섭, 청의 내정간섭에 대해서 좀 어떻게 됐는지 한 번 읽어볼까?... 임오군란은 민중이 정부의 잘못된 개화정책과…

아이들의 대다수가 엎드려 자거나 휴대폰을 만지작거리고 있다.
한숨을 쉬며 어쩔 수 없다는 듯 손을 높이 드는 영재.

영재 저기… 선생님…

14. 커피숍 안, 낮

창원과 앉아 쇼윈도를 바라보는 영재. 전도사가 인사를 하며 들어온다.
반갑게 맞는 창원과 누군지 몰라 당황한 기색의 영재.

창원 아! 오셨어요.

전도사 아 네, 안녕하세요.

창원 오시는 데 고생 많으셨죠?

전도사 아니요. 뭐 지하철 갈아탈 필요도 없이 한 번에 오던데요?

창원 아 예. 그쪽으로 앉으시면 됩니다.

전도사 예, 말씀하시던 친구가?

창원 네, 얘가 저희 큰 아들내미 입니다. 이 녀석이 워낙 똑똑해 빠져 가지구. 성적
이 그렇게 되는데도 인문계 안가고 실업계 왔어요. 요즘에는 인문계 다 소용없다
니까요. 실업계 가서 1,2 등 하는 게 훨씬 빠르니까.

전도사 아드님이 비전이 있으시네요.

창원 아 예 그렇죠. 이 녀석 뭐 똑똑하니까…

전도사 그럼. 너는 이름이 뭐니?

창원 아예, 이름이 박영재입니다. 이 녀석이 어릴 때부터 프라모델 조립하고, 혼
자 독서하는거 좋아하고 그래가지고요. 숫기가 없어요. 숫기가. 다 좋은데. 말 좀
해보고 그래. 임마.

전도사 아, 그래 그럼 너는 장래희망이나... 그런 건 있어?

창원 에휴. 글쎄. 주님 비전 맞춰가면서 살아야 할 건데. 애가 클수록 제가 애비
로써 고민이 많아요.

전도사 그러시겠네요. 그럼 교회는 언제쯤부터 나올 실 수 있는지 좀..

창원 아 예 그게 이게.. 제가 일요일 마다 이 녀석 매 번 깨우는데 이게 공부하느
라 그런지, 일어나지를 못해요. 아휴… 둘째는 좀 빠릿 빠릿 하고 그런데… 아무튼
제가 다 알아서…

영재 (말을 자르며) 전도사님, 뭘 못 들으셨나 본데. 저 이사람 아들도 아니구요.
이 사람 집에서도 안 살아요. 그 ○○의 집이라고 보육원 아세요? 가톨릭 재단에

서 꽤나 유명하던데. 그리고, 교회 좋을까요. 저 신부님 될 사람입니다. (창원에게) 잘 먹었어요 아저씨.

창원 (당황하며) 아이.. 저. 저 녀석이 사춘기여가지고…

자리를 박차고 밖으로 나가는 영재.
당황한 채로 영재를 따라 나가는 창원.

15. 커피숍 앞 길가, 낮

영재를 따라 나오는 창원.
택시를 타려는 영재를 붙잡는 창원.

창원 얌마. 너 이 새끼. 이것도 병이야 임마, 너. 까불지 말고 빨리 들어와 빨리.
영재 놔.
창원 아이 좀. 빨리 들어오라고.
영재 놓으라고!
창원 왜 그러냐. 지금. 아빠 체면도 있고 그런데. 아니 내가 아까 미안하다고 그렇게 얘기 했잖아. 그 정도면 됐지. 뭐. 아, 이게 다 누구 때문인데 그래. 다 너네 동생 때문에 그러는 거야 이거. 그래야 애 급식비라도 내지.
영재 아빠 손발 멀쩡하지?, 눈 코 입 다 있지! 벌라고! 왜 남들처럼 고생해서 벌 생각은 안하고… 이렇게 사는 거 아들내미! 아니, 자기 자신한테 안 부끄럽냐? 정말 싫다. 진짜 진짜 싫다. 진짜 이러다… 벌 받아… 아빠.

영재는 오는 택시를 급하게 잡고 타버린다.
그런 영재를 보내는 창원. 둘의 광경을 지켜보고 있는 전도사에게 다가간다.

16. 택시 안, 낮

택시에 탄 영재는 자기도 모르게 눈물이 나오는데 억지로 참으려고 노력한다.

17. 성당 안, 밤

평일 미사가 집전 중인 성전 안.

보좌 신부 … 부활하시고 하늘에 올라 전능하신 하느님 오른편에 앉아계시며 산 이와 죽은이를 심판하러 다시 오시리라 믿나이다. 성령을 믿으며 거룩한 공교회와…

멍하니 주기도문을 따라 외는 영재.

18. ○○의 집 거실, 밤

현관문을 열고 거실로 들어오는 영재. 원장 내외가 엄하게 앉아 있는 게 분위기가 심상치 않다. 맞은편 일렬로 꿇어앉아 있는 아이들. 영재, 눈치보다 옆에 같이 꿇어앉는다.

영재 다녀왔습니다.
원장 부 늦었다.
영재 네, 미사 봉사하고 오느라…
원장 모 영재는 그냥 들어가.
원장 부 왜? 같은 집에서 없어졌는데 누군 앉아있고, 누군 들어가고. 그게 뭐야.
원장 모 설마 영재가… 하여튼, 창고에 들락날락 신발이고 옷이고 훔쳐대는지 자꾸 물건이 없어지네.

영재 네...

원장 부 우리는 너네 죄 값까지 덮어 줄 생각이 없어. 이것도 명백한 절도야, 알아? 순순히 내가 했다 손들면 우리 손에서 끝나는데 내일 넘기면 경찰한테 넘어가는 거야. 이거 굉장히 심각한 일이야. 알겠니?

일동 네...

원장 부 자 이제 눈 감아.

마침 들어오는 범태.
원장 모는 기다렸다는 듯 범태를 노려본다.

범태 다녀왔습니다.

원장 모 너 잠깐. 너 애들한테 얘기 들어보니까 아침밥도 안 먹고 나간다던데. 엄마가 알기론 아무리 인문계 학교라 해도 그렇게 일찍 나가지 않는데.

범태 맞는데요? 학교에 직접 물어보시던가요.

원장 모 아침마다 창고에 들락날락 물건 가져가려고 그러는 거 아냐? 일부러.

범태 아닌데요. 처음 듣는 소린데요.

원장 모 너 가방 열어봐.

범태의 가방을 빼앗아 뒤지는 원장 모.

원장 모 집에 갈 때 되면 고맙습니다 하고 갈 것이지. 어디다 손을 대! 어따 손을 대!

원장 부 여보.

가방을 뒤지자 아무것도 나오지 않는다.
민망하면서도 허탈한 원장 모, 바닥에 그대로 주저 앉는다.

원장 모 그래, 다 학교에 팔아먹었겠지.

원장 부 진짜 너야? 여기서 딱 얘기해. 당장 아침에 쫓겨나기 싫으면.

범태 아닌데요... 저 진짜 아닌데요...

원장 모 이럴 바에야 내 배아파 내 새끼 낳는게 낫지. 뒷통수 맞을까봐 무서워서 어디 키우겠어?

원장 모를 진정시키고 일으키는 원장 부.

원장 부 여보 어서 들어가.

원장 모를 방에 데리고 들어가는 원장 부.

원장 모 너네들 진짜...
원장 부 오늘 밤까지 시간 준다. 알겠니?
일동 네...

주변 눈치를 보다 인사를 하는 영재.

영재 안녕히 주무세요.

범태는 주저 앉아 바닥에 내팽겨친 자신의 가방을 주워담는다. 죄책 감에 범태를 처다보는 영재, 같이 물건을 주워준다.

19. 영재방, 밤

잠에 들지 못하는 영재와 범태.
범태는 연신 흐느낀다.

영재 자.
범태 존나 억울하네...

모르는 척 눈을 감는 영재.

20. ○○의 집 창고, 새벽

주변 눈치를 보다 다시 창고의 문을 따는 영재.

21. 성당, 밤

평일 미사를 진행하고 있는 영재.

영재 불의에 기뻐하지 않고 진실을 두고 기뻐합니다. 사랑은 모든 것을 덮어주고, 모든 것을 믿으며, 모든 것을 바라고, 모든 것을 견디어 냅니다. 주님의 말씀입니다.
일동 아멘.

영성체를 받는 영재.

보좌 신부 그리스도의 몸.
영재 아멘.

22. ○○의 집 앞, 밤

집으로 들어서려는 영재와 범태.
대문 입구에 범태의 아버지가 서 있다.
깜짝 놀라는 범태. 영재는 눈치껏 고개를 숙여 인사한다.

범태 여기는 왜 왔어?

범태 부 왜 왔긴. 아들내미 보러 왔지.

우리 아들내미, 안본 사이에 왜 이리 말랐냐.
그렇게 신신당부 했는데 여기서 잘 안 챙겨 맥이냐?

범태 전화로 해도 되잖아. 저리로 가자.
범태 부 왔는데 인사 안 드려도 되나?
범태 안 드려도 돼. 빨리 와. 영재야 먼저 들어 가. 아빠 왔다고 얘기하지 말구.
범태 부 아, 너가 우리 범태랑 같은 방 쓴다는 영재구나. 얘기 많이 들었어. 얘가 나 닮아서 성격이 괴팍한데가 있어서. 범태 옆에 계속 있어 줄 거지? 응?
범태 무슨 소리야. 얼른 가자. 어?
범태 부 우리 범태 좀 잘 부탁해. 담에 볼 때 아저씨가 맛있는 거 사줄게.
영재 네... 안녕히 가세요.
범태 부 먼저 들어가.

범태 부를 끌고 놀이터 쪽으로 사라지는 범태.
영재는 고개를 갸우뚱 하며 집 안으로 들어선다.

23. ○○의 집 거실, 밤

문을 열고 들어서자 원장실에서 툭-하고 튀어나오는 원장 부.

원장 부 밖에 범태 아버지 맞지?
영재 네...
원장 부 벌써 데리러 오신건가. 오셨으면 안으로 좀 들어오시지. 뭐라던?
영재 별 말씀 안 하셨어요. 잠깐 범태한테 할 말씀 있으시다고...
원장 부 곧 손님 오니까 마루에 걸레질 좀 해.
영재 네...

24. ○○의 집 거실, 밤

영재가 욕실에서 걸레를 빤다.
걸레를 빨아 마루를 닦고 있는 영재.
범태가 주눅 든 모습으로 들어와 방으로 간다.
걸레질을 하다 범태를 따라 방으로 들어가는 영재.

25. 영재방, 밤

영재 왜?
범태 뭐?
영재 뭐라시는데?
범태 몰라도 돼.
영재 집에 뭔 일 있는 거야?
범태 ......
영재 어?
범태 ......

뭔가 말할 게 있어 망설여 보이는 범태.
그러나 밖에서 손님이 오는 소리가 들린다.

원장 부(V.O) 얘들아, 손님 오셨네.

26. ○○의 집, 새벽

26-A 영재방

218

잠들어 있는 영재.
부스럭 거리는 소리에 잠이 깬다.
가방을 메고 일찍 나설 채비를 하는 범태.

영재 어디가?
범태 아... 주번이라서 일찍 가야 돼. 더 자.
영재 어...

26-B 현관

범태는 밖으로 빠져 나온다.

26-C 마당 밖

새벽 공기가 찬 지 몸을 움츠리는 범태.

27. 성당, 새벽

텅 비어있는 성전 앞에 멍하니 서 있는 범태.

28. 학교, 낮

수업 중간 쉬는 시간.
영재는 자리에다 물건들을 내 놓고 꼭 장사치 마냥 물건을 팔고 있다.
아이들은 가격 흥정하느라 정신이 없다.
영재는 받는 돈돈 족족 지갑에 넣는다.
그 사이로 준수가 아이들을 헤치고 들어간다.

준수는 밑창이 뜯겨져 있는 신발을 영재 앞에 내 놓는다.

준수 밑창 이거 씹창 난거 팔면 어떡하냐. 쓰레기야.

영재 응? 가지고 갈 땐 안 그랬잖아.

준수 뭔 개소리야. 가지고 갈 땐 몰랐잖아. 몇 번 신어보니 금방 씹창 나드만. 돈으로 물려 주던가 아님 새걸로 바꿔줘.

영재 야... 그래도 너가 신었던 걸 어떻게 바꿔줘. 가게에서도 안 바꿔주는 거야. 그리고 니가 얼마나 신었는지도 모르는데 솔직히...

준수 그래서 안 바꿔 주시겠다?

영재 미안해.

준수 그럼 씨발 신고 해야지. 담탱이한테 꼬지르는 게 빠를까. 경찰에 스트레이트로 꼬지르는 게 빠를까. 어차피 니 장물 어디서 나는 지도 모르고. 훔친거면 중죄 아냐? 또 너 같이 부모 없는 애들 손버릇은 타고 난거고. 그럼 많이 아주 많이 곤란 할 텐데 괜찮?

영재 ...... 얼마 주면 되지.

준수 십오.

지갑에서 만원짜리 지폐를 꺼내어 주는 영재.

준수 그래... 영재야. 진작에 이렇게 쿨 하게 처리 해줬으면 서로 얼굴 붉히는 일은 없었을 텐데. 응? 감사염.

준수가 신발을 놓고 사라진다.
책상 위에 놓인 신발을 가방에 넣는 영재.
아이들은 멍하니 영재를 바라본다.

영재 너네들도 혹시 신다가 문제 있으면 바꿔줄게. 담임한테만 비밀로 해죠.

29. PC방, 낮

신발 사진을 벼룩시장 카페에 업로드 한다.
가격을 높게 쓰고 선물 받았는데 한 번도 신지 않은 정품이라며 멘트를 남긴다.
한창 다른 제품을 보다 지갑을 열어보니 현금이 어느 정도 뭉치가 있다.
전화가 온다.

영재 여보세요?

30. ○○의 집, 낮

30-A 마당 밖

골목을 올라오고 있는 영재.
베란다를 보니 아이들이 매달려 아래를 보고 있다.

30-B 마당 안

무슨 일인가 싶어 마당으로 가자 보좌신부와 원장 부부가 서 있고 그 앞에 범태가 죄인마냥 고개를 푹 숙이고 있다.

영재 오셨어요?
보좌 신부 어, 요한아. 우선 돈은 다 찾았으니 상관은 없는데... 주임 신부님께서 아마 신성한 성전을 털었다는 거에 많이 화가 나신 것 같아요... 아무래도 ○○의 집이 저희 본당 관할이기도 하고 여러모로... 아무튼 주임신부님께는 제가 잘 말씀 드리겠습니다.

신부가 자리를 뜨자 원장부가 마중을 나간다.

범태를 지켜보는 영재.

원장 모가 힐끗 베란다를 처다보니 위에서 지켜보고 있는 애들이 보인다.

원장 부는 화가 많이 났는지 현관에 들어서자 말자 풀 파워로 범태의 뺨을 때리며 구석 화단으로 몰아 붙인다. 어쩔 줄 모르는 영재.

원장 부 들어가서 짐싸. 개새끼야. 개만도 못한 새끼. 영재 너도 들어가 같이 짐 싸줘.

원장 모 은혜도 모르는 새끼

원장 부부는 같이 집으로 올라간다.

자리에 남은 영재. 범태를 멍하니 처다본다.

영재 가자.

31. ○○의 집, 밤

큰 책가방에 옷가지를 싸고 있는 범태.

범태 뒤에 가만히 보고만 있는 영재.

영재 왜?

범태 ......

영재 어?

범태 뭐?

영재 왜 그랬냐고?

범태 말하면 듣기나 하냐.

영재 들어줄 테니까 말해봐.

범태 담달에 데리러 온다던 애비가 갑자기 못 데려 간대. 새 아줌마가 나 있는 줄 몰랐나 봐... 갑자기 너 알아서 살아라. 씨발 이러는데... 어떡해... 너는 저 인간들 똥꼬라도 잘 핥아놔서 개길수 있지. 난 당장 나가야 하는데... 어딜 가.

영재 그럼 원장 엄마한테라도 얘기를 하지.

범태 잘도 들어주겠다. 매일 밤낮으로 넌 어차피 나갈거니까 이 지랄하면서 얼마나 더럽게 눈치 주는데...

영재 그렇다고... 내 입장도 좀 생각해 줘야지. 너 그러고 나가 버리면 나는 어떡하라고... 공부도 잘 하는 새끼가 그렇게 생각이 없냐.

범태 아... 맞다. 그렇네. 너무 미안하네.... 맞네... 어차피 너 쪼릴 생각만 하면서 왜 그랬는지 물어보긴 왜 물어 봐? 아... 맞네. 너라는 새끼 내가 잘 알면서... 좆같은 새끼. 너같이 똥개처럼 살기 싫어서라도... 나간다.

영재 말을...

더 악착같이 짐을 싸는 범태.
그런 범태의 뒤통수만 쳐다보고 있는 영재.

32. ○○의 집, 새벽

부스럭 거리는 소리에 잠에서 깨는 영재.
범태는 짐 가방을 싸서 나갈 준비를 한다.
영재는 잠든 척 누워 있다.
슬며시 방문을 열고 밖으로 나가는 범태.
영재는 한참 동안을 가위에 눌린 듯 일어나지 못하고 눈만 깜빡 거린다.

33. ○○의 집, 아침

잔뜩 굳은 인상으로 반찬을 담고 있는 원장 부.

영재가 부엌으로 들어와 원장 부 뒤에 선다.

영재 안녕히 주무셨어요.

영재는 부리나케 밥솥 앞으로 가 밥을 뜨기 시작한다.

원장 부 범태 새끼 언제 나갔냐?
영재 글쎄요. 일어나보니 없더라구요...
원장 부 밤엔 별 얘기 안하고?
영재 네... 왜 그랬냐고 물어봐도 아무 대답도 안하구.
원장 부 인간 새끼도 아닌 새끼를 쳐 키워 놨어. 동네 개새끼도 나갈 때 인사는 하지. 씨발. 그런 새끼들 쳐 맥여서 뭐해.

원장부는 들고 있던 국자를 부엌에다 집어 던져 버린다.
영재는 바닥에 떨어져 있던 국자를 집은 뒤 행주로 바닥을 닦는다.

원장 부 너 오늘 마치고 집에 갔다 와.
영재 네?
원장 부 집에 하루 갔다 오라고. 가서 집에 갈 수 있는지 보고 오라고. 낼 주말이니까 학교도 안 가도 될 거고.
영재 저는 왜...
원장 부 왜긴 왜야. 다 큰 새끼들은 돌려보내야지. 성당이고 구청이고 가만히 안 있을 텐데. 이제 큰 새끼들은 안 받아야겠어.
영재 그래도 저는 성당에선 별 말 안할...
원장 부 성당이야 여기 계속 다니면 되지. 가더라도. 그리고 나는 모르겠다... 너는... 솔직히 신부님도 그렇고 다들 너 신부님 신부님 하는데. 글쎄 나는 모르겠다. 니가 그럴만한 인물인지. 그전에 니가 신학교나 들어갈 수 있을 런지. 내 마음 알지? 아끼니까 냉정하게 얘기해 주는 거야. 여튼 갔다 와.

원장부는 반찬을 들고 밖으로 나간다.
밥을 묵묵히 퍼고 있는 영재.

34. 학교, 낮

34-A 교실

쉬는 시간. 엎드려 잠들어 있는 영재.
아이들이 둘 셋 영재 앞으로 모이기 시작한다.
아이 하나가 영재의 가방을 뒤적거려본다.
영재는 기척을 느끼고 벌떡 일어난다.

영재 뭐해?
아이 1 오늘 물건 뭐 들어왔나 싶어서. 오늘은 장사 안 해?
영재 응, 오늘 안 해.
아이 2 그럼 이건 뭐야? 소문 듣고 옆 반 애들도 왔어.
영재 담에 와. 오늘은 안 팔아.

이상하다는 듯 쉬쉬 거리며 사라지는 아이들.
영재는 가방 문을 닫아 품에 꼭 안은 채로 다시 엎드리려다
일어나 가방을 매고 복도로 빠져 나온다.

35. 학교 앞, 낮

35-A 시내

범태를 찾아 시내로 들어서는 영재.

범태에게 전화를 걸지만 받지 않는다.

35-B 피씨방 입구

범태를 찾아 학교 주변의 PC방 들을 수소문 하는 영재.

35-C 상가 골목

찾다가 지쳐 시내 한 복판에 기대고 서는 영재.
음성 메시지를 남긴다.

영재 범태야. 전화 좀 해줘. 웬만하면 그냥 싹싹 빌고 들어와. 갈 때도 없잖아. 너.
여튼 전화 좀 부탁한다.

36. PC방, 밤

교복을 입은 채로 PC방에 앉아 게임을 하고 있는 영재.
영재는 오로지 모니터에만 신경을 쏟고 있다.
알바생이 컵라면을 쟁반에 받쳐 들고 영재 앞으로 다가온다.
영재의 테이블 앞에 컵라면을 내려놓는 알바생.

알바생 10시 전에 나가야 하는 거 알지?

자리를 뜨는 알바생.
영재는 아랑곳 하지 않고 게임에 전념하고 있다.

37. 정릉 입구, 밤

37-A 정릉 차고지

버스에서 내리는 영재.

37-B 정릉 언덕

고개를 숙인 채 언덕을 오르는 영재.

37-C 동네 구멍가게

마을 슈퍼에 들러 병문안에 들고 가는 오렌지 주스 세트를 사는 영재.
영재는 지갑에서 꼬깃꼬깃 접힌 지폐를 꺼낸다.

38. 창원 집 앞, 밤

집 앞에서 창문을 바라보며 불이 꺼지길 기다리는 영재.
영재의 손에 들린 오렌지 주스.

39. 창원 집, 밤

39-A 현관-거실

계단을 타고 올라가는 영재.
집 앞에 서서 혹시나 싶어 문을 열자 문이 열린다.
조심히 문을 열고 집 안으로 들어서는 영재.

거실엔 불이 꺼진 채로 비어 있다.

오렌지 쥬스를 거실에 두는 영재.

영재는 최대한 기척을 내지 않으려고 조심히 안 쪽 작은 방으로 들어간다.

39-B 민재 방

문을 열고 들어가자 화들짝 놀래 깨는 영재의 동생 민재.

교복 윗도리만 벗고 양말을 그대로 신은 채 바닥에 눕는 영재.

민재 형?

영재 불 켜지 마.

민재 왜.

영재 불 켜지 마. 자. 얼른.

민재 무슨 일로 온 거야? 아예 온 거야?

영재 갈 때 말했잖아. 집구석 다신 안 돌아온다고.

민재 근데 왜 온 거야?

영재 원장이 한번 가보라고 떠밀어서 그래서 온 거야. 내일 바로 갈 거야. 자. 얼른.

민재 좀 이따 가지...

영재 내일 학교 안 가?

민재 내일 노는 토요일이잖아. 형은 학교 안 가?

영재 어.

민재 아빠는 자.

영재 자는 거 보고 왔어. 아빠는 일 해?

민재 아니, 일은 안 하고 계속 교회만 다녀. 근데 한 군데만 가는 게 아니라 이 교회 저 교회 한 네 다섯 군데 다녀. 나도 가끔 따라 가.

영재 안 벌면 뭐 먹고 살아?

민재 엄마 일 하다가 허리 심하게 다쳐서 지금 큰 이모네 가 있어... 병원비 없다고 아빠가 거기 가 있으래...

영재 엄마 무슨 일 했는데?

민재 공사장 아저씨들 밥 챙겨 주는 거...

영재 한심한 새끼...

민재 형, 나도 형 사는데 한번 가보면 안 돼? 아빠가 거기 시설이 너무 좋아서 여기서 사는 것보다 훨씬 좋다고 그랬는데.

영재 그렇게 얘기하든? 미친... 됐어. 쓸데없는 소리 하지 말고 얼른 자. 함부로 그런 얘기하지 마. 오긴 어딜 와.

민재 ......

영재 자.

민재 잠옷 줄까?

영재 됐어. 자.

민재는 그런 영재가 서운한지 말똥말똥 처다본다.

40. 창원집, 아침

40-A 민재 방
....

이불에 묻혀 푹 자고 있는 영재.
방 밖에선 여기 저기 부스럭 거리는 소리가 시끄럽게 들린다.

창원 (V.O) 어제 언제 들어왔든?

민재 (V.O) 열두시 넘어서.

창원 (V.O) 뭐 때문에 왔단 소린 안하고?

민재 (V.O) 응, 아무 말도 안 했어.

창원 (V.O) 형이 뭐라 안 해?

민재 (V.O) 응...

창원 (V.O) 형한테 거기 사는 얘기 물어보지 마. 좋은 얘기 안 할 거야.

유난히 창원의 전화벨 소리는 크기도 하다.

40-B 거실

창원은 발톱을 깎으면서 전화를 받는다.
온통 이상한 메모가 가득한 수첩이 널려 있다.

창원 다리를 한번 오므리면 펼 수가 없으니 어디 외출이라도 자유롭게 못해요.
다른 교회요? 아우, 집사님은 다른 교회라니요! 무슨 그런 천벌 받을 말씀을. 저한
테 주님이 하나 듯 교회도 성심교회 밖에 없어요... 예에... 혹시 전에 말씀드린 애
들 장학...?

40-C 민재방

영재는 더 이상 듣기 싫은지 이불을 덮어 써버린다.

41. 창원 집 , 낮

41-A 민재방

잠에서 깨 머리가 부스스한 영재.
영재 옆에 민재가 새우처럼 굽게 누워 낮잠을 자고 있다.
이불을 민재에게 덮어주는 영재.
영재는 밖에 누가 있는지를 눈치보다 문을 살짝 열고 나와 부엌으로
간다.

41-B 부엌-거실

부엌 안은 여전히 어지럽혀져 있고 부엌은 여기저기 얼룩이 가득하다.
많이 배가 고팠는지 허겁지겁 밥술을 뜬다.
밥을 먹고 있는 영재 뒤로 안방에서 창원이 나온다.
기척을 듣고 불편한 기색이 가득한 영재.
창원은 부엌을 어슬렁거리다 거실로 와 영재 뒤에 앉는다.

창원 왔어.

영재 어.

창원 언제 가는데?

영재 지금 갈 거야. 밥 먹고.

창원 엄마 없는데.

영재 들었어. 잘하는 짓이다.

창원 왜 왔어?

영재 왜? 집에 오면 안 돼?

창원 거기서 뭐 시켜서 온 거 아냐?

영재 아냐.

창원 민재도 데리고 오라는 소리 안 해?

영재 거기 갈 때 분명히 말 했지? 절대 안 된다고. ...... 밥숟갈 하나 줄어도 여전하네

창원 아빠가 다리만 안 아프면 좀 벌어서 이사도 좀 가고 그래야...

영재 씨발, 또 좆같은 소리...

영재, 밥숟갈을 놓고 방으로 들어간다.

41-C 민재방
....

방으로 들어가 벗어 놓은 교복 재킷을 다시 챙겨 입고 가방을 멘다.
기척에 깬 민재.

민재 벌써 가?

영재 어.

민재는 가방에서 문화 상품권 두 장을 꺼내어 준다.

민재 이거 교회서 준건데 형 책 사봐. 책 보는 거 좋아하잖아. 형.

영재 됐어. 너 써.

민재 그래도... 형 사는데 놀러 가면 안 돼?

영재 한번만 더 그런 소리 해 봐. 오긴 어딜 와. 간다.

41-D 거실

영재는 가방을 메고 거실로 나와 현관을 나선다.
민재가 현관까지 따라 나섰다.

민재 아빠, 형 벌써 간대.

영재는 가방에서 훔친 신발 두 켤레를 민재에게 건넨다.

영재 신어.

민재 우와. 이거 뭐야. 형이 산거야.

영재 몰라.

창원 봐봐. 내 말이 맞지. 민재야? 형 사는데서 저렇게 좋은 신발도 사주고 그래. 근데 거기 샤쓰 같은 건 안 주냐?

영재 ......

한심스럽다는 듯 창원을 쳐다보는 영재. 현관을 나선다.

영재 간다.

창원은 영재가 가는 둥 마는 둥 TV만 멍하니 보고 있다.

42. 영재의 집 앞, 낮

동네를 빠져 나오는 영재.
뒤에서 헐레벌떡 뛰어 오는 민재.

민재 같이 가, 형. 어딜 그렇게 급하게 가.
영재 왜? 들어가 빨리. 왜 따라오고 지랄이야.
민재 형, 잠깐만.
영재 뭐?
민재 형, 엄마한테 같이 가자. 형 또 언제 올지 모르잖아... 엄마가 많이 보고 싶어 했어. 형.
영재 가봐야 돼. 다음에. 다음에 가자. 들어가 얼른.
민재 가자. 어차피 낼 일요일이잖아. 거기다 엄마 아프다고 말하면 되잖아. 형. 진짜 부탁할게. 나도 엄마 내려고 한 번도 안 가봤어. 사실 못 가봤어. 아빠가 가지 말래서... 그렇게 안 멀어. 형. 부탁할게...
영재 ......

한숨을 쉬는 영재.

43. 버스 안, 낮

버스에 나란히 타고 있는 영재와 민재.
영재아빠한테 말 안하고 와도 돼?

민재 가서 좀 맞지 뭐.

44. 을왕리 해변, 낮

두 형제가 서 있는 겨울 바다가 쓸쓸해 보인다.
설레어 하는 민재에 비해 영재는 근심이 많아 보인다.
바닷가에 놀러온 또래 아이들. 그 아이들을 한참 내다보는 민재와 영재.

민재 좋을 때다.

45. 이모네 집, 밤

밥을 먹고 있는 영재와 민재.
그 앞에 두 형제를 바라보고 있는 두 여인.
영재 모와 영재 이모.
영재 이모는 눈물을 연신 쏟아낸다.
애써 감정을 드러내지 않으려고 노력하는 영재 모.

영재 모 언니, 애들 밥 먹는데 정신 사납게 울고 난리야.
영재 이모 불쌍해서 그렇지. 불쌍한 내 새끼. 거기서 밥은 잘 맥여 줘? 아니 박 서방 그거는... 나보고 애 공부 시키려고 좋은데 유학 보냈다고. 그 말을 철썩 같이 믿었는데. 없는 돈에 아들내미... 천벌 받을 놈 새끼.
영재 모 언니, 진짜!
영재 네, 걱정 마세요. 집 보다 더 잘 먹고 살아요.
영재 모 엄마가 허리가 안 좋아서... 아들내미 오랜만에 오면 옷이라도 한 벌 사 입혀야 하는데.
영재 괜찮아. 가만히 있어.
영재 모 엄마도 많이 미안하다.
영재 그 소리 듣기 싫어. 하지 마.

상황을 보다 애써 눈치 없는 척하는 민재.

민재 그래도 이모가 엄마 보단 아직 낫다.
영재 이모 많이 먹어 내 새끼.

묵묵히 밥술을 뜨고 있는 영재.
그런 영재를 안쓰럽게 지켜보는 영재 모.

46. 이모네 집 안, 밤

46-A ○○민박 방 안
....

넷이 한 방에 나란히 누워 있다.
이미 잠이 든 민재와 이모. 영재는 잠 못 이루고 뒤척인다.
영재가 부엌으로 나가자 영재 모도 따라 나선다.

46-B 부엌
....

영재는 부엌에 앉아 물을 마신다.

영재 모 왜 잠이 안 와?
영재 물마시고 다시 잘 거야. 엄마 들어가서 자. 걱정 말고.
영재 모 올 거면 미리 연락이라도 하고 오지. 그럼 엄마가 서울 올라 갔을 텐데.
영재 아프면 병원에 가야지. 여기 있음 어떡해. 그게 누워 있는 다고 낫는 병이야?
영재 모 서울 병원에 하루 누워 있는 게 얼만데. 그것보다 너네 애비 돈 타령 하는 거 듣고 있음 허리가 아니라 암 걸릴 거 같애. 여기가 편해.
영재 ......
영재 모 거기선 살만해?

영재 어, 훨씬... 정말...

영재 모 그래서 말인데. 민재도 같이 데리고 가면 안 되나? 내가 여기 언제까지 있을 지도 모르고... 민재도 마음에 많이 걸리고...

영재 안 돼. 내가 갈 때 분명히 얘기했지. 안된다고. 엄마도 참 못났다. 왜 어른이 돼서 책임을 안 질려고 해, 다들?

영재 모 그게 아니라...

영재 만약에 데리고 간다 쳐. 우리 둘 다 들어가면 금방 좋다고 엄마랑 아빠랑 갈라질 거 아냐. 그럼 우린 어디로 가? 나는 누가 책임 져? 민재는 내가 책임 져? 왜? 내가 전생에 무슨 죄를 지었는데?

영재 모 아니. 그게 아니라...

영재 엄마도 별 다를 게 없구나. 잘 게.

방으로 들어가는 영재.
안타까움에 말을 잇지 못하는 영재 모.

47. 이모네 집, 새벽

47-A ○○민박 방 안

방 안에 덩그러니 누워 자고 있는 영재와 민재.
민재는 피곤했는지 코를 쌔근쌔근 골아 댄다.
영재는 민재를 한참 바라보다가 일어나서 짐을 챙긴다.
옷을 입은 다음에 몰래 방문을 닫고 빠져 나가는 영재.

47-B 밖

집을 나와 넓은 도로 쪽으로 서서히 걸어가는 영재.

48. 버스 안, 아침

버스 안에서 뻗어 잠든 영재.
홀로 오그리고 잠든 모습이 가엽다.

49. 성당, 낮

성당에 들어서는 영재.
갓 미사가 시작 된 성전 안.
영재는 한참을 둘러보다 원장 부부를 발견하고 빠른 걸음으로 숙여 들어간다.
원장 부부 옆에 앉는 영재.
영재를 보고 무슨 일이냐는 듯 놀라는 원장 부부.

원장 부 집에 갔다 왔어?
영재 네...
원장 모 왜 벌써 왔어?
영재 힘들어서요.

간절하게 기도를 하는 영재.

50. 봉고 안, 밤

봉고차가 ○○의 집 앞에 선다.
원장 모와 원장 부 사이에 끼어 불안에 떠는 영재.

원장 모 집에선 뭐래?

영재 별 말씀 안 하세요...

원장 모 아버지는?

영재 저 여기 올 때보다 집이 더 엉망이 됐더라구요... 아버지는 몸이 아파서 계속 누워 계시고... 엄마는 집에 계속 안 계시고...

원장 부 더 안 좋아졌다고?

원장 모 우리가 너 특히 예뻐하는 거 알지? 그리고 니가 예쁜 짓도 잘 하고. 우리도 참 곤란하다.

영재 엄마, 아빠... 제가 꼭 신부님 될게요. 신부님 돼서 꼭 엄마 아빠 키워주신 은혜 갚을게요. 저 꼭 대학도 가고 싶고... 사람처럼 살고 싶어요. 근데 집에 돌아가면 저 어떻게 될지 몰라요...

원장 부 하하. 너 우리 협박하나?

영재 그게 아니고...

원장 부 우선 알겠고. 성당엔 우리가 잘 말해 볼 테니까 성당 나가서 더 깍듯이 잘해. 알겠니? 만약 성당이나 동사무소에서 반대가 심하면 우리도 너 데리고 있기 힘들어. 다 그 사람들 돈으로 꾸리는 건데. 너도 알지?

영재 네... 잘 할게요.

원장 부 여보 내려.

원장 모는 한숨을 쉬며 내린다.
봉고에 덩그러니 남은 영재.

51. ○○의 집 마당, 아침

51-A 창고
·····················

습관처럼 창고를 향하지만 문 앞에서 다시 뒤돌아선다.

51-B 마당 밖
·····················

창고를 지나 밖으로 나오는데 누군가 짠하고 나타난다.
초췌한 얼굴의 범태. 영재는 깜짝 놀란다.

범태 뭘 그렇게 놀라냐. 서운하게. 학교 안 가고 거기서 뭐해.
영재 갑자기 나타나니까 놀라지... 어.. 어쩐 일로?
범태 어쩐 일이라니. 그래도 미우나 고우나 몇 년을 한 방에서 같이 살았는데 친구가 죽었나 살았나 궁금하지도 않냐.
영재 궁금하지. 잘 지냈어? 문자 남겼었는데... 답 없드라.
범태 얘기 좀 할 수 있어? 잠깐이면 돼.
영재 학교 가야 하는데...
범태 잠깐이면 돼.

범태는 영재를 팔목을 잡고 어디론가 간다.

52. 동네 골목, 아침

좁고 외진 골목.
범태는 주머니에서 구겨진 담배를 하나 꺼내어 입에 문다.
영재에게 건네는 시늉을 하지만 영재는 고개를 절레절레 흔든다.

범태 별 일 없지?
영재 응.
범태 나 부탁이 하나 있는데... 원장이 너 되게 좋아하잖아... 니가 뭐 해달라면 웬만하면 해주고... 니가 원장한테 내 얘기 좀 잘 해주면 안 될까. 나가 살 때 구할 때까지만 한 몇 달만 살게 해주라고... 어차피 내가 가봤자 듣지도 않을 거고. 니가 얘기 좀 잘해 놓으면 그래도 찾아가기가 덜 그럴 것 같아서...
영재 야 부탁 좀 하자.
영재 어... 나도 웬만하면 도와주고 싶은데. 어... 미안...

범태 왜 안 돼?

가만히 범태를 보던 영재,

영재 ... 근데 범태야 너 알면서 모르는 척 하는 거야? 아님 진짜 몰라서 나한테 그러는 거야?
범태 무슨 소리야?
영재 ......
범태 어?
영재 너도 진짜 뻔뻔하다... 지금 니가 사고치는 바람에 나도 쫓겨날 판이야. 겨우 겨우 입 닥치고 납작 엎드려서 사는데... 이게 누구 때문인데. 다시 들어오게 도와 달라고? 너가 나 책임 질 거야?
범태 개새끼...
영재 누가 누구보고 개새끼래. 니 인생 니가 알아서 살아. 같은 처지끼리 누가 누구한테 도와 달라는 거야. 병신이... 간다. 앞으로 이런 일 가지고 찾아 오지 마.

영재는 가방을 다시 메고 밖으로 나온다.
그런 영재를 어이없이 한동안 처다보는 범태.

53. 성당- 성전 안, 낮

성가 연습에 한창인 영재와 고등부 아이들.
성가 '야곱의 축복'을 부른다.
무리에 낀 영재의 표정은 그다지 편치 않아 보인다.
영재의 시야는 본당 안에 보좌 신부와 함께 뭔가 얘기를 나누고 있는
원장 부부에게 잔뜩 쏠려 있다.

54. 성당- 성전 안, 낮

성전 앞에서 수녀들과 미사 준비를 하다 성전 밖으로 빠져 나오려는 보좌 신부.
영재는 주변 눈치를 살피더니 보좌 신부를 쫓아 잡는다.

영재 신부님.

보좌신부 어, 영재 아니 요한이구나?

영재 네...

보좌신부 집에 갔다 왔다며? 부모님은 별고 없으시고?

영재 네... 신부님... 혹시 아까 저희 엄마 아니 원장님이 뭐라고 하셨어요? 신부님 한테?

보좌신부 응? 나한테?

영재 네. 아까 미사 때 말씀 나누시는 거 같던데...

보좌신부 아... 성당에서 후원금 나가는 거 때문에... 왜? 너 뭐 원장님께 잘 못 한 거 있어?

영재 아. 그런 건 아니구요...

보좌신부 근데 요한 아니 영재야. 너 정말 신부님 될 생각이 있어? 신부님한테만 얘기해 봐.

영재 네... 진짜에요. 거짓말 하는 거 아니에요.

보좌신부 아니. 의심해서 물어보는 게 아니라... 너는 싫은데 원장님들이 떠밀어 서 너가 고생하나 싶어서. 여튼 너한테 그런 확신이 없는 거라면... 집에 다시 돌아 가는 것도.

영재 안돼요. 신부님. 절대 집에 가면 안돼요. 저는. 안돼요. 안돼요. 집에 가 봤자 저 책임 져 줄 수 있는 사람 아무도 없구요. 집구석 있기 싫어 떠돌다가 나쁜 친구 들 만나서 술 담배나 배우다 소년원 들락날락 거릴 거고 그러다 길바닥에서 신문 지나 주우면서 평생 살겠죠. 신부님. 제가 그렇게 되길 바라세요?

보좌신부 아니. 그게 아니라...

영재 도와주세요. 신부님... 저 꼭 신부님 돼야 돼요. 정말 신부님처럼 진짜 진짜

훌륭한 신부님 될 게요. 저 좀 도와주세요... 부탁이에요...

보좌신부 어...

영재 그럼 신부님만 믿고 저 먼저 들어 가볼게요. 안녕히 계세요.

돌아서서 떠나는 영재의 뒷모습.
영재의 간절한 마음에 가슴이 쓰라린 보좌신부.

55. 성당 – 성전 안, 낮

성전 끝에 달린 기도실.
기도실 안에 보좌신부와 윤미가 나란히 앉아 있다.
유리창 너머에서 살짝 지켜보다 안으로 들어가는 영재.

영재 안녕하세요.

보좌신부 여기 아까 내가 말한 영재 아니 요한이라는 친구. 나도 헷갈린다 요한아.

윤미 너가 요한이구나. 이름이 요한?

영재 아뇨, 박영잰데. 사람들이 요한이라고 불러요.

윤미 은혜가 충만한 가 보다. 반가워. 나는 이윤미라고 해.

보좌 신부 여기 이 누나는 내가 옛날 신학생 때 가르쳤던 누난데. 성당 나온 지 얼마 안 됐어. 애들 가르치는 봉사 같은 거 하고 싶다 그래서 너네 원장님한테 말씀드렸더니 너 얘기 하더라고. 니 성적으로 신학교 힘들다고. 성당만 잘 나온다고 신부되는 게 아냐. 공부도 잘 해야 돼. 알지?

영재 아... 네...

윤미 시간 되는대로 일주일에 두 번 씩 하자.

보좌 신부 누나 예쁘다고 딴 맘 품으면 안 돼? 알지 요한?

부끄러워하는 영재.
윤미는 그런 영재가 귀엽다는 듯 생글 웃는다.

56. ○○의 집 거실, 낮

거실에 원장 부부와 함께 영재가 앉아 있다.
보좌 신부 옆에 윤미가 신기하다는 듯 주변을 여기저기 둘러다 본다.

윤미 일반 가정집이랑 똑...같네요?

원장 모 요즘 세상 많이 좋아졌죠? 선생님. 밖에 떡-하니 시설이요 하고 붙여 놓으면 애들이 들락날락 하기도 겁내하고. 소문도 금방 나고. 시설로 전환하면 보조금도 많이 나오고 더 괜찮은데 다 애들 위해서 이래놓고 살아요.

윤미 아... 고생 많으시네요. 보좌신부얘기 들어보니 저희 본당에서도 신학생이 나온지가 꽤 오래 되었다고 하시더라구요. 저희 주임 신부님도 그렇고 본당 분들도 그렇고 영재한테 기대가 크세요. 성당도 워낙 열심히 나오고. 또 이렇게 원장님들이 잘 보살펴주고 계셔서 걱정은 없는데. 갈수록 신학교 커트라인이...

원장 부 저희도 걱정이에요. 실업계 다니는 애들도 신학교 들어갈 수 있나요, 신부님? 그렇다고 실업계에서도 좋은 성적은 또 아니라...

보좌신부 네... 제가 영재 성적을 잘 모르지만. 여튼 지금 부터라도 준비를 좀 악착같이 했으면 해서. 이 녀석한테 부탁했어요. 제가 신학생 때 촛불 하나라고 봉사 활동을 좀 다녔는데 그 때 가르쳤던 애예요. 아마 이 친구도 힘들게 공부 했던 애라 누구보다 영재 마음 잘 알거에요. 얘가 생긴 건 이래도 서울대 다니는 애거든요?

윤미 어머, 아저... 아니 신부님. 제가 생긴 게 어때서 그래요? 학교에서 남자들이 줄을 서요. 아주 제 얼굴 한번 볼 거라고.

보좌 신부 이제 알겠지? 거짓말이 세상에서 제일 큰 죄악이란다.

어색하게 웃는 영재.
윤미도 영재를 보면서 웃는다.

57. 서점, 낮

교재를 고르는 영재와 윤미.

윤미 이거 괜찮을 거 같은데?
영재 이건 좀...
윤미 왜? 어려울 것 같애? 이걸로 해봐.

58. 윤미 모 식당, 낮

영재를 데리고 식당에 들어오는 윤미.
낯선 듯한 영재는 주변을 두리번거리다 앉는다.

윤미 이런데 처음 와보지?
영재 네.
윤미 엄마가 돈 꾸역꾸역 모아서 겨우 차린 식당인데 택시기사들 가끔 오는 거 말고 손님이 없어. 그래 보이지? 전쟁통도 아니고 이렇게 어두운데 누가 밥 먹으러 오고 싶겠어.

탕비실에서 나오는 윤미 모.

윤미 모 저 국수에 말아먹을 년. 말하는 꼬라지 좀 봐. 손님이 왜 없어? 그럼 니 학비는? 그래 땅 팠더니 석유가 콸콸 쏟아지더라. 근데 이 잘생긴 총각은 누구신가? 꼴에 너도 요즘 기지배 라고 연하끼고 다니는 거야?
윤미 아냐, 그런 거. 얘 고등학생이야.
윤미 모 그려? 애기구만.
영재 안녕하세요...
윤미 나 왜 신부님 소개로 학생 하나 가르친다 그랬잖아. 걔야. 이름은 영재인데

244

집에선 요한이라 부른대.

윤미 모 근데 그 짝에서는 꼭 그렇게 닉네임을 써야 하는겨?

영재 아, 그런건 아니고 세례명이예요.

윤미 닉네임이 뭐야. 성당 좀 나가라. 영혼 없이 십자가만 달아 놓지 말고.

윤미 모 야, 이년아. 성당 나가면 돈이 나오냐 밥이 나오냐. 텔레비 보니까 떡도 요 만한거 하나씩 주드만.

윤미 떡 아니라니까.

윤미 모 뭘 아녀? 웃기지?

영재에게 활짝 웃어 보이는 윤미 모.
영재도 수줍게 화답한다.

윤미 우리 애기 총각은 뭘 해주면 좋을까?

삼겹살을 굽고 있는 윤미 모.
굽는 족족 고기를 영재의 밥 그릇에 놓아준다.

윤미 애 아냐 엄마. 알아서 먹게 냅 둬. 애 체하겠다.

윤미 모 총각 내가 불편혀?

영재 아뇨.

윤미 모 많이 묵어. 아줌마가 다른 건 못해줘도 나중에 밖에 나와 찬바람 맞게되 면 밥 먹으러 자주 와. 매일 와도 되. 사람이 밥 한끼만 제대로 먹어도 생각이 달라 지는겨. 알았지?

영재 네, 감사합니다.

윤미 모 아따 싹싹두 하다. 우리 집은 지지배들밖에 없어서 이런 양 아들 하나 있 었음 좋겠네. 그쟈?

윤미 엄마, 얘 부담스러워 해. 마저 들어가서 설거지나 해.

윤미 모 이년은 지 애미 못 부려 먹다 죽은 귀신이 붙었나. 니가 좀 해라.

윤미 내가 왜? 손님으로 온 건데?

윤미 모 아, 그러서? 이랏샤이마세. 너 돈만 안내고 가봐. 너 안줘서 그러지?

윤미의 밥 그릇에도 고기를 놓아주는 윤미 모.

윤미 됐어. 영재나 줘.

59. ○○의 집 앞, 밤

영재가 집으로 들어가려는데.
뒤에서 누군가 부른다.

민재 형.

깜짝 놀라 뒤돌아보는 영재.
민재에게 달려 들어온다.

영재 무슨 짓이야. 이게. 따라 와.

영재를 따라가는 민재.

60. 동네 골목, 밤

전봇대 앞에 민재를 세우는 영재.

영재 여기는 어떻게 알고 왔어?
민재 아빠가 가르쳐 줬어.
영재 아이 진짜... 내가 여기 얼씬도 하지 말랬지? 올 생각도 하지 말고.

민재 (가방에서 초등학교 졸업 앨범을 꺼내며)아빠가 이거 갖다 주는 척 하고 거기 어떤지 보고 오라 그래서... 안 간다고 안 간다고 그렇게 개겼는데... 아빠 고집 알잖아.

영재 진짜 죽겠다. 민재야 여기 나 혼자 버티기도 힘들어. 좋은 거 먹고 좋은 거 입고 좋은데서 자고 그런게 다 좋은 게 아냐. 알아? 다 있는 년놈들이 거지 취급하면서 던져준 것들이야. 다.

민재 알아. 다시는 안 올게. 미안해. 형. 괜히 스트레스 받지 마. 머리 빠져. 궁금하긴 했는데 솔직히 와보고 싶진 않았어. 나는 그래도 미우나 고우나 아빠랑 엄마랑 살지만. 형은 안 그렇잖아. 알겠어. 다시는 안 올게.

영재 하... 진짜 죽겠다. 밥은?

61. 편의점, 밤

편의점에 둘이 서서 삼각김밥과 라면을 먹는 영재와 민재.
영재는 먹다 내려놓고 민재를 멍하니 본다.

62. 버스 정류장, 밤

버스가 오자 민재가 버스에 다가선다.
영재는 아까 윤미에게 받은 돈을 민재에게 건넨다.

영재 아빠한테 얘기하지 말고.
민재 어...

민재는 돈을 꼬깃꼬깃 접어 주머니에 넣는다.

민재 갈게 형. 아, 이건 가져가.

초등학교 졸업 앨범을 건네는 민재.
민재는 밝게 웃으며 버스에 올라 떠난다.
어쩔 수 없이 손을 흔들어 주는 영재.
한 숨을 쉰다.

63. ○○의 집, 밤

원장 부가 사라지고 영재도 방에 들어간다.
마루에 불이 꺼져 있고 조용히 신발을 벗고 올라가는 영재.
영재가 올라가자 원장 방에서 원장 부가 나온다.

원장 부 늦었네.
영재 네... 서점 여기 저기 돌아다니느라.
원장 부 늦으면 전화를 하던가.
영재 죄송합니다.
원장 부 책은? 보자.

책을 꺼내어 펼쳐 보이는 영재.

원장 부 신부님도 그렇게 원장 엄마도 그렇고 너가 싹싹하게 잘하고 귀엽게 구니까 예쁘게 보는지 모르겠는데. 나는 아냐. 난 애들이랑 너랑 똑같이 볼 거야. 오히려 너 같은 새끼들이 뒤에서 더 무서워.
영재 네...
원장 부 잘해라. 알아서 잘 하겠지만. 아, 그리고. 너 범태랑 연락 되지?
영재 아뇨.
원장 부 진짜? 너한테 따로 연락 안 해?
영재 네. 나간 이후로 연락 온 적 없어요.
원장 부 애들 말 들어보니까 요즘 동네에 범태 나타난다더라. 애들 괜히 구슬려서 데리고 나갈 수도 있으니까 니가 잘 챙겨. 어? 오면 받아주지 말고.

영재 네.

원장 부 범태 또 한번 문제 생기면 구청에서 너까지 걸고 넘어 질 거야. 알아서 해.

영재 ......

64. ○○의 집, 아침

64-A 부엌

식사를 준비하며 거실로 음식을 나르는 영재.
부엌에서 식사 준비를 하던 원장이 나간다.

64-B 거실

식사를 마친 영재가 수저를 놓는다.

영재 잘 먹었습니다. 밥 먹기 전에 밥 먹고 나서 인사 잘하자. 크게. 그리고... 혹시 너희 그리고 밖에서 범태 본 사람 있니?

다들 우물 주물 한다.

영재 빨리 말해. 범태 본 사람.

두세명 정도가 수줍게 손을 살포시 든다.

영재 뭐래?

일동 ......

영재 범태 밖에서 봐도 아는 척 하지마? 알았어? 어떻게 해꼬지 할지 모르니까?

범태 이 집에 다시 들어왔다가 어떤 짓 할지 몰라. 알았지?

일동 네...

영재는 가방을 챙겨 밖으로 나온다.

65. ○○의 집 앞, 낮

창고로 향하는 영재.

영재는 유난히 오늘따라 욕심을 내서 가방에다 신발을 많이 챙겨 넣는다.

가방 문을 닫고 돌아서는데 뒤에 범태가 있다.

무엇을 의미하는지 모를 묘하게 비웃고 있는 범태.

범태 내가 그랬지? 너 알고보면 존나 내숭이고 조온나 여우 새끼고, 조오온나 무서운 새끼라고. 그렇게 원장한테 충성어린 개새끼 마냥 쫓아 다니더니 뒤에서 이렇게 호박씨 까고 있었네?

영재 범태야 잠깐만. 내 얘기 좀 들어봐. 그게 아니라.

범태 그럼 나 쫓겨날 때도 저거 내가 훔쳤다고 의심 받을 때 알면서도 모른척 한거네. 대박이다 진짜. 친구 아닌 줄은 알았는데.

영재 아니. 범태야. 진짜 그게 아니라니까.

범태 아우, 너네 원장 아니 아버님이 아시면 얼마나 충격 받으실까? 신부 된다고 이쁜짓만 골라하는 아들내미가 이렇게 뒷통수 친거 보면? 아빠!

영재 범태야 진짜 부탁이야. 한번만 모른 척 해줘. 나 진짜 오늘만 하고 더 이상 안 할라고 했어. 오늘은 진짜 내가 돈이 필요해서 그런 거였어. 범태야 진짜 미안해. 니가 시키는 대로 다 할게. 제발 모른 척 해줘.

범태 그래? 반성은 나한테 할게 아니라 니가 받드는 저 하나님한테 반성해야 할 거 같은데? 그럼, 나 다시 집에 들어가게 해 줘. 원장을 어떻게 구워삶든지 그건 니 알아서 하고. 딱 하루 시간 줄게. 내일은 이 집에서 자게끔 만들어 놔. 그럼 무덤까

250

지 모르는 척 넘어갈게. 오케?

영재 알았어. 내가 학교 갔다 와서 말 잘해볼 게. 아니 꼭 너 다시 들어올 수 있게 만들어 놓을게. 범태 한번만 용서 해달라고, 범태랑 같이 있고 싶다고, 범태 혼자 고생하는 거 때문에 너무 죄책감 갖는다고... 그리고...

지갑에서 돈을 몇 푼(10만원) 꺼내서 범태에게 주는 영재.

영재 저녁때까지 기다리는 동안... 이걸로 PC방에라도 가 있어.
범태 새끼, 이런 순간에도 입은 살았네. 너는 뭐 하든지 밥은 먹고 살겠다. 여우새 끼야. 간다. 내일 집에서 보자.
영재 어, 알겠어. 가.

범태가 먼저 골목을 나선다.
덩그러니 골목에 남겨진 영재.
영재는 창고 문을 닫고 괴로워한다.

66. 학교, 낮

수업 중인 교실 안.
영재는 교과서 위에다 볼펜으로 사람을 계속 그려댄다.
사람으로 교과서 한 페이지가 꽉 채워질 것만 같다.
펜을 내려놓는 영재.

67. 시내 몽타주, 낮

67-A 성당

성당 앞을 서성거리는 영재.

67-B 버스 정류장
....

정류장에서 버스를 기다리는 영재.

67-C 윤미 모 식당
....

식당 앞에 도착해서 창 안으로 윤미 모녀를 바라보다
그대로 돌아서서 떠나는 영재.

68. 동네, 낮

학교를 마치고 교복 차림으로 집으로 향하는 영재.
길을 가다 영재는 반대편에 있는 범태를 발견한다.
범태는 ○○의 집 아이들 두 명과 함께 있다.
길을 건너려다 범태 일행을 조심히 따라가는 영재.
범태는 주택가 골목에 서 있는 차들을 둘러보다 아이들을 불러
차따기를 시도한다. 한명은 망을 보고 있고, 영재는 그 아이의 시선에
서 벗어나 숨은채로 112에 신고를 한다.

영재 여보세요? (주변 건물에 써져 있는 표지판을 보고) 여기 미아동 47-8번지
인데요. 가출한 것 같은 어떤 학생 하나가 어린 애들 시켜서 지금 집 앞에 세워져
있는 차 따고 있어요. 아, 저희 집 차는 아니고... 저희 옆집 차인데... 빨리 와주세
요. 빨리요.

영재는 초조하게 전화를 끊는다.
아이들이 실력을 발휘 못하자 범태가 직접 차를 따려고 앉아 시도하

는데 갑자기 경찰 두명이 들이 닥친다. 옆에 있던 아이들을 냅다 도망치고 마저 도망치지 못한 범태.

영재는 더욱 깊이 숨는다.

심하게 저항하다 결국 경찰에게 끌려가는 범태.

영재는 골목으로 나와 끌려가는 범태의 뒷모습을 본다.

69. ○○의 집, 저녁

69-A 거실

거실에 앉아 있는 신부 일행과 함께 미사를 돕는 영재.

이삭 1, 2 아이들이 들어오자 영재는 슬쩍 쳐다본다.

69-B 영재방

아이들을 따라 자신의 방에 들어가는 영재.

문을 열자 아이들은 벙 쪈 표정으로 서 있다.

영재 범태 만나지 말라 그랬지?

이삭 1 안 만났는데...

영재 범태가 뭐래?

이삭 1 ......

영재 뭐랬냐고 새끼야.

이삭 1 아무 말도... 그냥 오늘 집에 올 수 있다고...

영재 범태 만난거 엄마 아빠한테 얘기하지 마. 알았어? 차 따고 미친짓 하면서 돌아다니는 거 봤으니까. 괜히 범태 따라가기 싫으면 알아서 해.

이삭 1 응...

....

문을 닫고 나오는 영재.
경직 되었던 표정을 푸는 영재.
영재는 미사를 준비하고 있는 거실로 간다.

영재 신부님, 오늘 독서 제가 다 해도 되나요?
보좌신부 그럼, 나야 좋지. 영재랑 미사 드릴 때 항상 기분이 좋아. 시작할까요?
영재 네!

신부와 수녀, 원장들만 작은 방에 모여 미사를 드리고 있고, 그 중앙
에 영재가 앉아 미사 집전을 돕고 있다.
독서에 나선 영재.
영재는 나긋하게 말씀을 읽어 나간다.

아가의 말씀입니다.
신부가 이렇게 말한다.
"나는 잠자리에서 밤새도록, 내가 사랑하는 이를 찾아다녔네. 그이를 찾으려 하였
건만 찾아내지 못하였다네. '나 일어나 성읍을 돌아다니리라. 거리와 광장마다 돌
아다니며, 내가 사랑하는 이를 찾으리라.' 그이를 찾으려 하였건만 찾아내지 못하
였다네.
성읍을 돌아다니는 야경꾼들이 나를 보았네. '내가 사랑하는 이를 보셨나요?'
그들을 지나치자마자 나는, 내가 사랑하는 이를 찾았네."
주님의 말씀입니다.
일동 하느님, 감사합니다.

누구보다 진중하게 미사를 들이고 있는 영재.

70. ○○의 집, 밤

범태를 데리고 온 경찰을 마주하는 원장 부부.
그 모습을 위에서 지켜보는 영재.

71. ○○의 집, 새벽

곤히 잠든 영재.
창밖으로 파랗게 새벽이 밝아온다.
갑자기 마루 쪽에서 웅성거리는 소리가 들린다.
영재의 방문이 열리고 영재가 깜짝 놀라 일어난다.
원장 부가 부스스한 얼굴로 방에 불을 켠다.

원장 부 아버지 오셨어. 아버지 아프시다며?
영재 네?
원장 부 어쨌든 나와 봐. 이 시간에 뭐하는 짓이야...

원장 부는 문을 열어 놓고 나간다.
영재의 표정이 심상치 않다.
영재는 옷을 걸쳐 입고 거실로 나간다.
거실로 들어가자 창원이 술에 살짝 취했는지 뻘건 얼굴을 하고 앉아
있다.
창원 앞에 원장 부가 불편한 심기로 앉아 있다.

창원 우리 아들 일어났네?
영재 뭐야?
창원 아들내미 보고 싶어서 왔지.
영재 미치겠다 진짜...

원장 부 아무리 그러서도 그렇지... 이 시간에 오서서 이러시면...

영재 죄송해요. 제가 데리고 나갈게요...

원장 부 잠시만. 뭐 하실 말씀 있으신 거 아니에요?

창원 제가 원장님한테 면목이 없습니다. 제 씨로 놓은 새끼 제가 끝까지 죽이 되든 밥이 되든 거둬야 하는데... 원장님... 형이라고 불러도 됩니까?

영재 아빠... 제발...

원장 부 네... 호칭이야 편하게 하셔두 상관 없는데... 하실 말씀 있으시면 애들 깨기 전에...

창원 형. 제가 다른 게 아니라요... 형은 자식이 없... 아니 너무 많구나. 나 같은 새끼가 나 혼자도 책임 못 지는 새끼가 조용히 배나 탔으면 될 일인데 괜히 애를 둘이나 싸질러 놔서 애들만 고생이에요... 애 엄마는 집도 잘 안치우고 술은 어디서 그렇게 배워 왔는지... 형 저도 죽겠어요. 제가 몸만 안 아프면 노가다라도 해서 벌겠는데...

원장 부 아프신데 술을 이렇게 드세요?

창원 속상해서... 속상해서 마셨습니다. 형, 제가 정말 면목이 없는데 저희 둘째도 맡겨도 될까요... 걔 입장에서도 우리 손에 크는 것보다...

그 말에 당황한 영재는 억지로 창원을 일으킨다.

창원 아니, 잠깐 놔봐. 아직 할 얘기가...

영재 (원장 부에게) 아빠 죄송해요. 제가 택시 태워서 집에 보낼게요. 앞으로 이런 일 없을... 가자. 빨리...

원장 부 어... 영재 아버님. 우선 오늘은 들어 가시구요. 담에 맨 정신일 때 다시 얘기해요. 얼른 모셔다 드려.

창원 형님. 그게 아니라. 제 말씀 좀 끝까지 들어보세요. 아, 큰 아들 이것 좀 놔봐.

영재 좀! 제발... 나가자...

창원 형님, 제가 조만간에...

원장 부 네. 들어가세요.

영재 죄송해요. 모셔 드리고 올게요.

원장 부는 들은 척 만 척 원장실로 들어가 버린다.
영재는 창원을 거의 끌고 나오듯 ○○의 집에서 데리고 나온다.

72. 버스 정류장, 아침

버스 정류장에 나란히 앉아 있는 영재와 창원.

영재 택시타고 가.
창원 곧 첫 차 오는데. 들어가. 알아서 들어갈게.
영재 택시타고 가라고. 정신 못 차리니까.
창원 돈이 어딨어 새끼야. 알아서 들어간다니까. 신경 쓰지 말고 들어가.
영재 제발 이러지 마라. 부탁이야. 제발 이러지 마라. 그럴거면 그냥 내 앞으로 보험 들어놓고 손가락을 자르던 우유에 독약을 타 먹이던. 그렇게 해. 부탁이다. 그렇게 해. 죽여 줘.
창원 내가 미안하다. 나는 미워해도 너네 엄마는 미워 하지마. 너네 엄마는... 너...
영재 안 미워해. 세상에 아빠 말고 증오하는 사람 없어. 그러니까 걱정마.
창원 그래도 싸지. 미워는 해도 아빠 이해는 해 줘야...
영재 시끄럽고 빨리 택시 타라고.
창원 민재도 같이 데리고 살면 안 돼?
영재 혼자도 버거워. 나 혼자 버티는 것도 힘들어.아빠도 정말 이기적이다. 민재 나한테 던져 놓고 혼자 잘 먹고 잘 살라고?
창원 그게 아니라...
영재 민재라도 없으면... 나는 어디로 돌아가?
창원 돌아 올거야? 집에?
영재 (한숨을 쉬고) 정말 아빠도... 택시를 타고 가든... 걸어가든 알아서 해. 나 간다... 그리고 한번만 더 이렇게 와서 난리 쳐 봐. 나 그땐 진짜 가만히 안 있는다...

영재는 창원을 뒤로 하고 자리를 뜬다.

정류장에 남은 창원의 모습이 가관이다.

73. ○○의 집 거실, 아침

고개를 푹 숙이고 밥을 꾸역꾸역 삼키는 영재.

원장 부 너네 아버지 아프셔서 움직이지도 못한다고 안 그랬니?
영재 죄송합니다...
원장 부 너 계속 이러면... 우리도 다시 생각해봐야 돼.
영재 네...
원장 부 하루라도 좀 편하게 살자. 새끼야. 어?
영재 ......

74. ○○의 집 창고, 아침

급하게 물건을 가방에 집어 넣는 영재.
영재의 얼굴에 불안함이 가득하다.

75. 학교, 낮

영재의 책상 위에 창고에서 가져온 물건들이 한 움큼 펼쳐져 있다.
아이들이 한 무리 영재의 책상에 모여 영재에게 돈을 건네고 물건을
가져간다.
악착같이 물건들을 팔아 재끼는 영재.

영재 오늘은 반에 반값이야. 갖고 싶은 거 있음 물어봐.

영재는 받은 돈들을 지갑에 꾸깃꾸깃 쑤셔 넣는다.
더욱 몰려드는 학교 아이들.

76. PC방, 낮

검색창에 '전국 가톨릭 고등학교'를 입력하는 영재.

77. 선물 가게, 낮

학교 앞 선물 가게에서 장갑을 고르는 영재.

78. ○○의 집 앞, 낮

○○의 집 현관 앞에서 윤미를 기다리는 영재.
윤미가 걸어오자 영재가 손을 흔든다.

윤미 추운데 왜 나와 있어.
영재 생각보다 일찍 오셨네요.
윤미 응, 수업이 일찍 마쳐서. 무슨 일이야?
영재 이거...

가방에서 지갑 선물을 꺼내 건네는 영재.

영재 선생님, 이거... 아까 지나가다가 샀어요. 저 때문에 매일 여기까지 왔다갔다
고생 하시구...
윤미 진짜? 아 고마워라. 벼룩에 간을 빼먹지. 선생님이 받아도 되나?돈 생겼으면

너 사고 싶은거나 하나 더 사지.

영재 저도 사고 싶은 게 생겼으면 좋겠어요.

맑게 웃는 영재. 그런 영재가 짠한 윤미.

영재 네... 선생님. 저 사실... 부탁이 있어요.

윤미 무슨? 어쩐지... 이거 뇌물이었구나? 무슨 일이야.

영재 저... 선생님이 아빠 아니 원장님한테 말씀 좀 잘 드려주세요. 애가 공부가 확 늘어서 신학교 성적 맞출 수 있을 것 같다고... 조금만 더 시키면 충분히 가능할 것 같다고... 애를 한번 믿어 보시는 게 어떠냐고... 기숙학교 들어가면 더 집중이 잘 돼서 공부하는 데 더 수월할 것 같다고... 제가 알아봤는데... 신부 되는 애들 기숙해서 키우는 학교가 있거든요. 선생님이 한 번 만 말씀 드려 주시면... 거기 가면 선생님은 못 보지만... 그래도 원장님 눈치 안 봐도 되고. 진짜 열심히 할 수 있거든요, 선생님? 네? 부탁드려요...

윤미 영재야.

영재 네.

윤미 걱정 하지마. 니가 무슨 말 하는지 알아. 니말에 니가 속지 않았으면 좋겠어. 응? 나는 니가 정말 말하는 것처럼 살았으면 좋겠어. 약속할 수 있지?

영재 네... 약속할게요.

윤미 그래. 들어가자. 춥다.

안도의 한숨을 내 쉬는 영재.

79. ○○의 집 거실, 낮

윤미와 함께 나란히 집에 들어오는 영재.
신발을 벗고 거실로 들어와 원장에게 인사하려는 영재, 순간 멈칫한다.
거실에 창원과 민재가 나란히 앉아 있다.

둘 앞에 불편한 인상으로 앉아 있는 원장 부와 원장 모.
뒤따라 들어오는 윤미.

원장 부 선생님, 죄송한데 애 데리고 먼저 들어가 계시겠어요?
윤미 아... 네... 영재야 가자.
영재 아빠. 일어나...
창원 아빠 온지 얼마 안 됐어. 여기 앉아.
영재 빨리 일어나라고. 좋은 말 할 때 일어나. 진짜 나 도는 거 보기 싫으면.
원장 모 요한아, 아버지한테 말버릇이 그게 뭐야.
창원 아, 여기선 영재를 요한이라고 부르나 보네요. 민재는 아직 세례를 못 받았는데... 이름 예쁜 걸로 하나 지어주세요. 영재보다 요한이가 이름이 더 낫네.
영재 일어나라고! 너 일어나. 얼른 집에 가. 너. 병신새끼야. 여기 오지 말라고 몇 번 얘기해.

민재를 과격하게 잡아 일으키려는 영재.

원장 부 뭐하는 짓이야. 안 들어가? 방에!
영재 잠시만요. 아빠. 죄송해요. 근데 이 사람들 보내야 되요. 들으실 필요도 없어요.
창원 듣자듣자 하니까 새끼가 못 하는 소리가 없네. 아무리 아빠가 너한테 지은 죄가 많아도... 아빠가 몸만 좋으면 보란 듯이 돈 벌어 먹여 살릴텐데... 그렇게 아빠를 이해를 못 해. 철 들 때도 됐구만.
영재 철 같은 소리하고 있네. 아빠 덕에 더 들 철도 없어. 빨리 나가. 빨리!

영재의 말을 듣는 척도 않고 무시하는 창원.
곤란해 하는 원장 부와 원장 모, 윤미에게 영재를 데리고 나가라고 눈짓을 준다.

창원 형님, 그래도 애 혼자 크는 것보다 형제끼리 같이 크면 외롭기도 덜 외로울 거고... 서로 의지도 하고 좋잖아요? 애 학교 문제는 어떻게...

윤미는 영재를 품어 나가려 하는데 참다못한 영재는 거실과 연결된
부엌에 가서 작은 식칼을 하나 뽑아 들고 거친 숨을 몰아쉰다.
영재는 식칼을 손목에 가깝게 가져다 대고 거실에 나타난다.
그 광경에 깜짝 놀라는 사람들. 민재는 겁에 잔뜩 질렸다.

원장 부 야, 너 뭐하는 거야. 그 칼 안내려 놔. 얘가... 빨리 내려 놔.
영재 죄송해요. 아빠. 근데 저 사람 보내주세요. 제발요... 저 정말...
창원 저거 어렸을 때도 자기 말 안들어 주면 몇 번이고 모가지에다 가위 가져다
대고 떼쓰고 그랬어요... 새끼 병 도졌구만.
영재 개 소리 그만하고 빨리 민재 데리고 나가라고! 빨리 나가라고!

자기도 모르게 손목을 그은 영재.
손을 내려다보니 상처에 피가 흐르고 있다.
영재, 피를 보자 침착한 표정으로 다가가는 윤미.

윤미 영재야... 그거 내려놓고 쌤이랑 잠깐 나가자. 영재 아버님 되시죠? 우선 나
가 계세요. 영재야...

윤미가 다가오자 윤미에게 칼을 가져다 대는 영재. 영재의 손목에 피
가 뚝뚝 흐른다.

영재 오지 마세요. 쌤... 죄송해요. 근데 오지마세요. 빨리 저 사람 나가라고 해주
세요. 선생님... 빨리... 다시 오지 말라고 해주세요... 선생님...
윤미 아버님...
창원 아니, 이새끼가...

창원이 다가오자 영재는 그 흥분을 못 이겼는지 윤미를 끌어다 윤미

의 목에 칼을 댄다.

윤미 영재야...
영재 죄송해요 선생님...

더욱 방 안이 긴장으로 몰아 찬다.
윤미는 영재의 팔목을 꼭 잡고 있다.

원장 부 너. 지금 뭐하는 거야. 선생님한테. 이게 정말... 아버님! 아버... 이 씨발 새끼들아. 그만 안 둬?
창원 ......
민재 형... 갈테니까 그만해. 형... 팔에 피 많이 흐르잖아... 그만해. 아저씨 아줌마 죄송합니다... 아빠 가자... 형 저러다가 죽어. 아빠아.
창원 ......
영재 빨리! 제...발... 빨...리...

그 상황을 불안하게 지켜보는 민재, 영재와 눈이 마주친다.

민재 아빠 가자... 가자고 얼른...

민재의 눈에 눈물이 잔뜩 고인다.

원장 모 요한아. 아버지 가신대. 어서 내려놔. 아버지 담에 또.
영재 죽을 때까지 오지 말라고! 여기 나타나지 말라고...
창원 개새끼... 너 이제 내 새끼 아니다. 씨발 호적을 파 버려야...
원장 부 아버님. 우선 나가세요... 동생아. 아빠 모시고 얼른 나가.

원장 모 창원과 민재를 데리고 나간다.

민재 형 갈게...

울먹거리며 창원을 데리고 나가는 민재.
창원이 나가자 칼을 바닥에 떨어뜨려 놓는 영재.
윤미도 한 숨을 쉬며 영재의 팔에서 풀려난다.
영재는 갑자기 멍해진다.
원장 부가 잔뜩 굳은 인상으로 밖으로 나가려 하자
영재는 부리나케 원장 부에게 달려가 무릎을 꿇고 다리에 매달린다.
통곡하듯이 펑펑 울며 비는 영재.

영재 아빠... 제가 잘못했어요. 다시는 안 그럴게요. 저 버리지 마세요... 저 성당도
진짜 열심히 나가고 공부도 열심히 해서... 꼭 진짜 신부님 되서... 아빠랑 엄마랑
저 너무너무 잘 키워주셔서 너무너무 아빠랑 엄마한테 고마워 한다고...

당황스러워 하는 원장 부, 원장 모는 보다 못해 밖으로 나간다.
원장 부 발 앞에 피가 한가득 고여 있다.
윤미는 가방에서 손수건을 꺼내 영재 팔목에 지혈을 한다.
한참을 안쓰럽게 바라보는 윤미.

윤미 괜찮아. 살다보면 그럴 수도 있지. 너도 모르는 새에 그런 거지. 일부러 그런
거 아니지?
영재 한번만 봐 주세요...

영재는 눈물이 그치질 않는다.

80. 봉고 안, 낮

영재는 창밖을 멍하니 바라본다.

264

창밖 버스 정류장에 창원과 민재가 앉아 있다.
영재는 급하게 고개를 돌린다.
민재는 영재가 떠난 자리를 묵묵히 쳐다본다.
자신의 신발을 멍하니 내려다보는 민재.
앞만 멍하게 바라보는 영재.
윤미는 영재의 손을 잡아준다.

81. 윤미의 집, 밤

시간이 경과하고, 밤이 되자 쇼파에 여전히 누워 자고 있는 영재.
그리고 그 아래에서 밥상을 차려놓고 잠이 든 윤미.
영재는 일어나 윤미가 깨지 않게 조심스럽게 밖으로 나온다.

82. 성당 앞 거리 / 성당, 밤

82-A 윤미 집 골목
....

영재는 거리를 헤맨다.
유난히 춥다. 영재는 몸을 오들오들 떨며 길을 헤맨다.

82-B 성당 앞
....

성당에 들어서는 영재.

82-C 성당 성전 안
....

영재는 멍하니 앉아 십자가를 보고 있다.

영재 앞으로 누군가 걸어와 대각선 쪽에 앉는다.
범태다.
영재는 몸이 얼어붙는 느낌이다.
한참을 보던 범태가 뒤로 돌아 영재를 본다.
넋이 나간 듯 한 멍한 표정.
영재는 그런 범태를 보며 눈물짓는다.
텅 빈 성당에 나란히 앉아있는 둘. 페이드 아웃.

83. ○○의 집, 낮

83-A 영재방

짐을 싸기 시작하는 영재.
짐 박스 안에 자신의 지갑을 넣고 봉한다.
옷을 입고 멍하니 누워 있는 영재.

82-B 거실

짐을 들고 거실로 나오는 영재.
서먹하게 서 있던 이삭 아이 둘.
영재는 못 들은 척 짐을 들고 밖으로 나온다.

82-C 현관 복도

현관 복도로 나와 마당을 보는 영재.
원장 부부와 함께 윤미, 보좌신부가 앞에 나와 있다.

84. ○○의 집 마당, 낮

짐을 들고 봉고 앞에 서 있는 영재.

보좌 신부 어디로 간댔죠?
원장 모 ○○의 집이라고... 거기가 시골에 있어 그렇지 시설도 지은지 얼마 안돼서 여기보다 훨씬 좋고, 공기도 맑고 산속이라 조용해 공부도 더 잘 될 거에요. 엄마가 얘기 잘 해놨으니 가서 잘 지내. 가끔 전화 한 통씩 하고.
윤미 나한테도. 나한테도 전화 한 통씩 해 줘. 선생님 뭐 해줄게 딱히 없네...
영재 네...
원장 부 가자. 뭐 팔려가는 것도 아니고 괜히 호들갑들은.
보좌 신부 영재야 아니 요한아. 잘 가. 미션 스쿨은 아니지만... 가서 신학교 꿈 포기하지 말고. 공부 열심히 하고, 성당만 열심히 다니면 되. 하나님이 다 알아서 해주실거야. 기도할게.
영재 네... 안녕히 계세요.

영재는 차에 오른다.

85. 봉고 안, 낮

원장부는 차를 출발 시킨다.
차에서 멀어지는 원장 모와 윤미, 그리고 보좌 신부.
윤미는 손을 흔들어 영재를 배웅한다.
영재는 뒤돌아 보지 않고 앞만 멍하니 바라본다.

원장 부 어디 가든지 너가 제일 불쌍하단 생각 버리고 살아. 너보다 불쌍한 사람 널리고 널렸어. 넌 그 생각만 버리면 잘 버틸 수 있을거야.
영재 네... 아빠. 죄송한데 저 잠깐 어디 좀 들리면 안 될까요? 부탁 좀 드릴게요.

원장 부 아빠라고 안 불러도 돼. 어차피 또 아빠가 생길텐데...

86. 시내 중학교 앞, 낮

86-A ○○중학교 정문 앞
∙∙∙∙∙∙∙∙∙∙∙∙∙∙∙∙∙∙∙∙∙∙∙∙∙∙∙∙∙∙

점심시간인지 운동장 안에는 공놀이로 바쁘게 뛰어노는 중학생들이 보인다.
박스에 한 박스 옷을 담아 학교 밖에서 누군가 기다리는 영재.
민재가 어색한 폼으로 교문 밖으로 나온다.

민재 형...
영재 점심시간이지?
민재 어...
영재 이거 줄라고.
민재 이게 뭔데?
영재 나 입던 옷이랑 신발인데 작아서. 물려주는 거야.
민재 아... 잘 입을게. 아빠한텐 얘기 안 해야겠다. 그럼 잘 됐다 하고 새 옷 안 사줄거야. 나 사고 싶은 옷 있단 말야.
영재 그래. 거의 나 안 입었던 거라 한번 빨아서 입음 새거 같을 거야.
민재 근데 갑자기 이건 왜? 어디가?
영재 아냐... 그냥 짐 정리하다가 생각이 나서.
민재 ...... 그 땐 미안했어. 다시는 그런 일 없을거야. 아빠한테도 다시는 가지 말자고 내가 부탁 부탁 했어.

복 받친게 있는지 울먹이기 시작하는 민재.

민재 내가 그 때 아빠 바짓가랑이를 물고 늘어져서 라도 말렸어야 했는데... 미안

268

해... 어쨌든 아빠가 다시는 안 간다 그랬어... 그러니까 형 걱정하지 말고 편하게
살아... 얼른 커서 돈 많이 벌어서 형이랑 나랑 둘이 살자...

울음이 범벅이 된 민재.

영재 울지마 새끼야. 학교 앞에서 쪽팔리게. 들어가. 나도 학교 다시 가봐야 돼.
민재 근데 왜 교복을 안 입고 있어?
영재 몰라. 새끼야. 여튼 얼른 들어 가. 전화할게.

뒤돌아서는 영재.
영재도 눈에 눈물이 가득 고였다. 눈물을 닦아 내는 영재.

민재 조심히 가. 뒤에서 손을 흔드는 민재.

86-B 봉고 안
....

영재는 부리나케 봉고 차에 오른다.
차에 올라 눈물을 닦는 영재.

영재 출발해 주세요.

차가 떠난다.
차창에 비친 햇살에 실루엣으로 번지는 영재의 옆모습.
영재는 그렇게 떠난다.
잔잔한 기타 반주의 엔딩 곡이 흘러 나온다.

암전. 엔딩 크레딧이 오른다.

1판 1쇄 인쇄 2014년 11월 10일
1판 1쇄 발행 2014년 11월 13일

각본 김태용
소설 이상민

발행인 김성룡
편집·교정 김은희
디자인 황선정
삽화 코믹스토리 대표작가 서범강
   cartman@storysoop.com

펴낸곳 도서출판 가연
주소 서울시 마포구 월드컵북로 4길 77, 3층 (동교동, ANT 빌딩)
구입문의 02-858-2217
팩스 02-858-2219

ISBN 978-89-6897-017-7 13810